JN306785

一本の茎の上に

茨木のり子

筑摩書房

目次

一本の茎の上に

カット　高瀬省三

*

一本の茎の上に

人間の顔は、一本の茎の上に咲き出た一瞬の花である——と感じるときがある。

硬いつぼみもあれば、咲きそめの初々しさもあり、咲ききわまったのもあれば、散りかけもあり、もはやカラカラの実になってしまったのもある。

美醜も気にならなくはないけれど、私が関心を持つのはもっと別のことで、

——あ、ツングース系。

——ポリネシアの顔だわ。

——なんともかとも漢民族ねえ。

――まごうかたなきモンゴリアン！

そのよってきたるところの遠いみなもと、出自に思いを馳せてしまうのである。口には出さない。ただ心のなかで〈やや！〉と思うだけである。

電車やバスのなかで、あるいは初対面の人をいつもそんなふうにしげしげと眺めているわけではない。ふだんは何も感じないし、変哲もなき日本人なのだが、ある日、ある時、向こうのほうからパッと飛び込んできて、こちらをひどく刺激する顔というものがあるのだ。

これは私ばかりではなく、多くのひとびとの想念をしばしばよぎるものでもあるだろう。とっさに感じるそれらが当たっているものかどうかもわからない。ただ、あれこれ想像をほしいままにするのがたのしい。

ポリネシア型だと言っても、その人の家系が代々そういう顔だとは限らない。血のなかに伝わってきたある因子が、ただいま現在、偶然のように表に強くあらわれているのだろう。

風や鳥に運ばれてきた種子のように、あちらこちらを転々とし、ちらばり、咲き出て、また風によって運ばれて……。

人間も植物とさして変わりはしない。そして今、はからずも日本列島で咲いていている。そんな感慨を持つのである。

友人に、肌の色が透きとおるように白いひとがいる。彼女の言によれば、

「遠い昔、北欧の船が島根県に漂着したことがあって、そのまま土地の娘と結ばれて、それが私の母かたの祖先なの」

と言うのだが、その顔立ちと肌の白さはその言を信じさせるに足るもので、ヨーロッパ系も数は少ないがいろんな形で入ってきているのだろう。

インド系は少ないなと思っていたら、先日新幹線のなかでばったり出会った。居た！　日本人でありながら、なんともインドであった。

東北地方にはスラヴ系が多い。子供のころ、親に連れられての旅の途次、道ばたで道路工事をしていた女性のなかに、腰を抜かさんばかりきれいな人を発見したが、今にして思えばあれはスラヴ型美人であったのだ。

韓国から旅行で来たおばあさんが、テレビを見ていて、日本のある政治家の顔が大写しになったとき、思わず興奮、指さして「おお、ハングㇰサラㇺ（韓国人）！」と叫んだという話も忘れがたい。

私はと言えば、シルクロードあたりをうろうろとさすらい、追いたてられて東へ東へ――やがて南へと移動してきた胡族の末裔《まつえい》ではないかと思っている。その道すじを、なんだかぼんやり記憶しているような気がするのだ。

日本は長い歳月のあいだに、ゆったりと混血をくりかえし、攪拌よろしきを得て、あまりダマができずに練りあげられ、いつのころからか日本人というものに羽化していったのだろう。混血がかなり濃縮、成功した例だろうが、成功と言っても計画してそうなったわけでもなし、偶然みたいなものだから、特別誇るべきことでもない。

いまだに「日本は単一民族だから優秀なのだ」と見栄を切りたがる人がいて困る。単一民族という時、日本人の顔、顔、顔がそれを大いに裏切っているのは愉快である。

なんとなくみんな「自分は純粋倭種」と思い込んでいるみたいだが、純粋倭種って何だろう？　日本列島が大陸から切り離された時、不覚にもそこに取り残されたのがどんなひとびとであったかは、おおよその察しがつく。

人口は少なく、心細げにパラリとちらばっていて「しかたない、この島で生きて行くぅ？」と顔見合わせたのが祖型と言えば祖型。

そこへ北から南から波状をなしてたどりついた人々が混じりあい構成されてきたものにすぎないだろう。

テレビの効用の一つと思われるものに、居ながらにして世界各国のひとびとの顔が、その表情と共に見られるということがある。特に日本のテレビは好奇心満々で、あらゆるところに分け入って見せてくれる。三十年ほど前は考えられもしなかったことだ。

それが視聴者に、いったいどのような意識の変化をもたらしているものか？　いないものか？　興味をそそられるところである。

チベット族を見て「あ、親せきのだれそれにそっくり」とか、フィリピンの老人を見ていて、古い恩師の顔をふいに思い出したり、「いろんな所から来たものだ」と、しみじみ思ったりするのではないかしら。

ついせんだっても、山高帽をかぶったインディオ族の女性の映像を見ていたら、久しくごぶさたの一人の友人の顔をなつかしく思い浮かべてしまった。インディオとの類縁もまたあるらしい。

はるけきものかな。

内海

ふつうに地図をひろげれば、日本は大陸にぶらさがったネックレスのようにみえる。小さいからチョーカーというところか。

飛行機でかなりの高度から見ると、大海原にふわっと落とされた青いスカーフのように見えると言った人もいる。

こんな感覚から少しもはずれずに来たのだが、ある日ある時、愕然とさせられたことがある。

それは、地図をまったく正反対に、つまり大陸側から見た日本の図に接した時だった。地球の球体をなだらかになぞり、大陸側から眺めると、日本海はまるで内海か湖水のようで、日本列島は向う岸の土手か、堤防のようであった。なるほど、こういうことであったのか。固定観念をみごとに粉砕された快感でもあり、地図をひっくりかえしてみるという発想が今まで自分になかったことが情なくもあった。

肉眼ではわからないにしても、大陸から見れば内海を漕ぎ渡り、向う岸に着く程度の距離感だったかもしれない。

渡り鳥が行ったり来たりするのを見て、向う岸にも温暖な陸地があると察したのかもしれないし、それよりも以前、海水がどっと流入する前の地殻変動、陸つづきだった頃の記憶もあったのかもしれない。実際に陸橋があったかもしれない。

海上の道も何世代にもわたって発見されていったことだろう。日本海沿いは、裏日本、山陰、みちのく、などと言われまるで裏口のような暗いイメージで扱われてきたが、古代にはこちらの方が断然表玄関であった筈である。

今は環日本海圏と名づけられ、ひとつらなりのものとしていろんな分野で交流や研究が進んでいるようだ。若い頃読んだ考古学の本には、「出雲には近畿に匹敵するような文化があったとは思われない。それを証とする出土品がまるでない」とれいれいしく書かれていて、そうなのかしらと信じこまされていたのだが、最近の日本海側各地のめざましい発掘で、それも覆えされつつある。縄文時代も、想像をはるかに超える高度な文化を持っていたことが、今年（一九九四年）の青森県三内《さんない》丸山遺跡発掘などで、次々明らかにされている。

戦後まもなくの頃、まだはずされていなかった天孫降臨図を指さして、小さな子が「あのおっちゃんら、雲の上でなにやっててんのん?」と尋ねたという話を何かで読んで、いまだに忘れることができない。一夜あければ空から天降ってきたというわれらが始祖もかたなしで、荒唐無稽のおっちゃんらになりはてた。

今の六十代以上の人々は、神話を歴史と叩きこまれて、神州日本、特別じたての神聖で清潔無比の国と教えられた。なんのことはない、ユーラシア大陸からみて、内海を挟んだ土手のように細長い土地だったのである。

大陸のかけら、かろうじて破損をまぬがれた縁側みたいなものである。かなりがたぴししているから橋をかけたりトンネルを通したり、ここへきて補強が進み、ひとつのものとしてなんとか連結させようとしている。しかもここに棲まいいたす者は、この地が東洋の一隅とは思っていないかのごとき不埒《ふらち》。

（わずか百年ぐらい前からのことではあろうけれど）

内海をはさんで古代も現在もただ人々の往来があるばかり、鳥取の砂丘で遮るもののひとつない日本海を見ていたらそんなおもいがどっと来た。あたりまえのことがわかるまで、得心がゆくまで、私などなんと長い歳月を要してしまったことだろう。

涼しさや

幼い頃、祖母に山形県の羽黒山縁起のはなしを聞かされたことがある。むかしむかしなんでも皇室に、どうしようもなく醜悪な皇子が生まれてしまって、仕方なく羽黒山まで来て捨てたというのである。

蜂子皇子《はちこのおうじ》という、その子が大きくなって、羽黒山をひらき、修験道の開祖になった。祖母の東北弁によれば、

「あんまりめぐさくて、羽黒山さ、うたられたあゝだと」

ということだった。

子供ごころにもその王子様がかわいそうでならなかった。それほど奇怪《きっかい》だったのだろうか？　ハチコという名もふしぎだった。弟と二人、叔父に連れられて羽黒山に登ってきたばかりだったので、あんな深山幽谷に捨てられて、夜なんかどうしたのだろう？　昼なお暗くうっそうとした杉林を思い、獣の声なんかも聞えるようで、ぞっとした。籠に入れられた捨子のイメージだった。

昭和十二年頃のはなしである。

忘れるともなく忘れていたのだが、あれから五十年ぐらいを距《へだ》てて先年羽黒山に登った。昔は一の坂、二の坂、三の坂と二千五百段も続く石段をふうふう言って登ったもので、中ほどの茶店で力餅をたべて、気をとり直して、また一歩一歩登ってゆく。けれど今はバスや車で頂上近くまで難なく行ける。その分、山の印象は淡くなる筈である。

山頂の歴史博物館で『蜂子皇子物語』（斎藤信作著）という本を買った。不意に昔きいた祖母のはなしがよみがえり、いったい蜂子とはどういう人？　という興味で読んだのだが、なんと蜂子というのは、六世紀末、飛鳥で蘇我馬子によって暗殺された崇峻《すしゅん》天皇の皇太子だったのである。知らなかった。知らなかった。

母の郷里である山形県の庄内地方には子供の頃から何度となく行っていたのだが、こういうことを語ってくれた人はいなかった。斎藤信作氏は地元で地道に研究を続けられた郷土史家であった。

地方へ旅すると、そこでしか買えない本を求めるのが一つのたのしみになっているのだが、『蜂子皇子物語』には驚かされた。改めて日本書紀などもめくり、二つを比較しながら、この年まで知らずにきた発見の喜びに酔わされたのだった。

羽黒山のふもとで育った知人の誰彼に蜂子皇子のことを尋ねてみたのだが、この山を敬し愛しながらも、さて、彼のことは殆んどの人が知らなかった。地元の人は郷土史にあまり関心がなくて、むしろ遠方の人が調べて、あこがれ、訪ねてくるというのはどの地方でもよくあることである。

日本の歴史のなかで、島流しにされた天皇はあるが、在位中に殺されたのは崇峻天皇だけではなかったろうか。殺したのは東漢直駒《やまとのあやのあたいこま》という渡来人だが、その背後には蘇我馬子がいた。邪魔ものは、ばしばし殺した時代である。

このあたりは入り組んでいて、その度に系図をみなければわからなくなってしまうが、崇峻の皇太子――蜂子と、聖徳太子とは、いとこどうしになっている。

父王を暗殺され、追討の及ぶのを恐れた蜂子皇子は、東北へと逃れ出た。敦賀の港から逃れようとしたが、追手が待ち伏せていたので、丹後の由良《ゆら》から日本海沿いに船でみちのくへと姿をくらませてしまったのである。

佐渡にしばらく逗留し、それから庄内地方のその地名も同じ、由良に上陸し、羽黒山へ入ったという。由良とか加茂《かも》という地名は各地にあるが、これはある集団の移動の跡を示しているようである。

蜂子皇子も、やみくもに東北地方へ逃れたわけではなく、情報は現代と同じくらいに密だったのかもしれない。

神話に出てくる月読命《つきよみのみこと》は、わけのわからん神様であるが、月山はその神の住まうところという。記紀にちらりと名のみ出てくるアマテラスの弟、月読命は、疎外され追いやられた或る種族の象徴だったのかもしれない。

やはり神話時代の、神武に敗れた長髄彦《ながすねひこ》が秋田・津軽あたりに定着した伝承もあ

るし、この書ではじめて知ったのだが、庄内地方には、出雲の事代主命《ことしろぬしのみこと》をまつった神社が各地に沢山あるという。大国主命の大和への服従――国ゆずりに対して、その子、事代主命は出雲の美保関で入水したことになっているが、そのまま生きのびてか、あるいはその一族が北上してこの地に定着したのかもしれない。

日本海沿いには対馬海流が秋田あたりまで北上しているし、新潟県の村上あたりの海は〈笹川流れ〉と呼ばれているところがある。海のなかに一すじの川のような潮の流れがあって、それに乗れば飛ぶがごとしということが、大昔から知られていたのだろう。

崇峻暗殺より前に、排仏派の物部氏が滅亡している。その残党もまた、東北をめざし、流浪しながら、秋田あたりに定着したらしい。

いずれにしても、みちのくは古代、反主流派の重要な亡命ルートであったわけだ。のちに源義経も同じルートを辿ることになる。

蜂子皇子の画像が羽黒山にあるが、これは江戸時代に描かれたものだそうで、山伏修行からの連想なのか、顔はまっくろ黒砂糖いろ、口は耳まで裂け、鼻は垂れさがり、眼光炯々《けいけい》、容貌魁偉、どう見ても邪悪な相である。これを見た里人たちは六世紀末から七世紀時代のことはとっくに忘れ、あまりに醜悪で羽黒山中に捨てられた皇子というイメージが抜きがたく出来あがってしまったのかもしれない。それが祖母の口から洩れ出たものだったのだろう。亡命者であれば出自を秘しすべて曖昧にしておく必要があったのかもしれない。

はじめ、羽黒山にいた蜂子皇子は、峰々づたい山駈けをして、月山、湯殿山を含め、出羽三山をもひらいたという。出羽三山は、〈神聖と妖気〉を共に孕んだ山々である。その山々を行けば、日本人の山岳信仰のみなもとがひしひしと感じられるのだ。

このような山々をひらいた開祖は、異形の者でなくてはならず、という人々の憶《おも》いが、戦慄をさえ覚えさせる蜂子皇子の画像を幻出させたのではなかったろうか。

夢殿の救世観音は、聖徳太子の面影を写しとったと言われているが、深味のあるいい顔で、最初見たときは釘付けになってしまった。没個性の仏像の中で、強い個性を感じさせてくれる唯一のものである。

蜂子皇子が聖徳太子のいとこであるなら――いとこどうしというものは、他人から見ると驚くほど雰囲気が似ているものである――とすると、現実の蜂子皇子は、おどろおどろしい画像とは異なり、知的で、人を心服させるに足る相貌の持主であったかもしれないではないか。

なぜなら、その事跡として伝えられているのは、今の言葉で言えば、地方自治のリーダーそのものである。羽黒派古修験道を編みだすかたわら、製鉄業、砂金の発見、稲作の導入、つつが虫退治などなど。

はじめからあんな化けもののような人物だったら、人々は指導者として仰いだだろうか。

そして、彼はついに大和には帰らなかった。出羽の国のひとびとと共に生きる道を選んで、八十歳の天寿をまっとうしたという。

『古事記』や『日本書紀』を通してみる大和盆地はなにやら広大だが、実際に行ってみると、その狭さに一驚させられる。こんな狭い盆地で権力の死闘がくりかえされていたのか。牧歌的な神話時代とは違って、飛鳥時代になると別人種か？　と疑いたくなるほどに、がらりと一変し、権力奪取のえげつなさがあらわになってくる。神話時代と歴史時代の差と言ってしまえばそれまでだが……。

そんなものはもうごめんだったのだろう。父王を暗殺され、みずからは流浪の身、大伴氏の出であった母や、妹ともちりぢりばらばら、生涯あい逢うこともなく終った悲運。怨恨や復讐心で燃えたぎったこともあっただろうに、それらを昇華できたのは、仏教のせいであったのかもしれない。

苛酷な運命の受けとめかた、そして、その切りひらきかた。

千四百年の時を距てて尚、人の心を惹きつけてやまないものがある。

山頂には、蜂子皇子の墓があり、宮内庁の管轄になっている。棺のなかには遺体はなくて、ただ杉の葉が入っているばかりという。これもいい。

芭蕉は『おくのほそ道』で、羽黒山に触れて、「人貴《ひととうとび》且つ恐る《かしこ》」と言っている。

もしこの山を語るとすれば、これ以上的確な表現はないだろう。『おくのほそ道』に限らず、芭蕉が句をよんだ地にたたずめば、その土地の精霊《せいれい》を一発で摑みとっていることがよくわかり、ほとほと感嘆させられる。

社殿の裏側は広大な崖のようになっていて、鬱蒼たる原生林、こわいような樹海だった。月山に至る道の両側も、倒木はそのまま朽ちるにまかせ、生えるにまかせ、人間の手は入っていないとも聞いた。

醇乎たる古型。古代よりれんめんとそのように守ってきたとすれば、すさまじいばかりの保守性である。大資本も寄せつけなかったとすれば、あっぱれな保守性である。

芭蕉が羽黒山で、不易流行——不変なるものとはやるもの——その思索を得たと言われるのも、うなずけるほどである。蜂子皇子のことはどの程度知っていたのかはわからない。

ただ「当山開闢《かいびゃく》、能除《のうじょ》大師は、いずれの代の人と云事《いうこと》を知らず」とだけ書いてあるのは、むしろ奥床しい。能除大師というのは後の世につけられた蜂子皇子の別名である。

この地でよんだ三句はみないいが、とりわけ気に入っているのは、

涼しさやほの三ヶ月の羽黒山

である。寝ぐるしい夏の夜など、呪文のように呟くと、からだが覚えている羽黒の山気、涼気がひんやりと漂ってくる。

月もみえる。

芭蕉の直観が、蜂子皇子の生涯をも包みこんでいるような〈涼しさ〉でもある。

もう一つの勧進帳

「勧進帳」のあらすじは、たいていの人が知っている。

弁慶のいのちがけのごまかしが功を奏し、義経主従がみちのくへ落ちのびてゆく物語は永く愛されて歌舞伎でもくりかえし演じられてきた。

この話のポイントの一つは、関所の役人、富樫にあるだろう。にせ山伏の一行と気づきながら、弁慶の必死のおもいに打たれて、なんらそれらしき言辞は吐かずに、そしらぬ顔で逃がしてやるという男気。弁慶と富樫の間にピーンと張られた緊張と葛藤。たった一幕なのにそこにドラマが現出する。

富樫がいた関所は、石川県の安宅の関ということになっているが、いいや、それは実は山形県の念珠ヶ関《ねずがせき》であるという説がある。念珠という字が弁慶とゆかりがありそうに思われるが、現在は鼠《ねず》ヶ関というつまらない文字を当てた地名になっている。

調べた人の話では、安宅の関があったと言われる石川県小松市あたりには、富樫という姓を持った人はいないのに、山形県の庄内地方には富樫という姓がやたらにある。かつての横綱柏戸も姓は富樫。

海べの念珠ヶ関から、約三十キロも内陸部に入ったところに、源頼朝の追及を恐れ、富樫一族が隠れ住んだ砂谷《いさごだに》という集落がある。ゆえに勧進帳の舞台は念珠ヶ関であると。

何年か前、このあたりを旅した時、親戚のひとりが車で砂谷まで案内してくれたことがあった。山また山を越え、辺鄙なところに、かくれ里とでも呼びたいような集落が、ひっそりと肩を寄せあっているように在った。

冬は雪が深いところだという。

訪れたときはかがやくばかりの新緑だった。

道に迷って車をとめ、畦道を歩いていたおばあさんに尋ねた。おばあさんは、

「砂谷さ行くなあッだか？ンだば、ここを右さ曲っての……」

お国なまりで答えて指さしてくれた。ほのかな笑顔のよろしさ。七十代の人に思えたが、久しぶりに実に久しぶりに媼《おうな》という言葉を思い出した。なんともいえない柔和ないい人相だった。

なにも求めず、なにも期待せず、おのずから足るの安らかさ。おのずから足るの中身は、この人が生きてきた素朴ではあっても豊潤な或る何かだ。

車が走り出してから「なんていい顔なんでしょう」とおもわず嘆声を放ってしまったが、同乗の人はさしたる感興も催さなかったらしく無言だった。

むかしの日本の女は、こんなふうに老いる人が多かった。今はけばけばしくっていけない。

老いさえもけばけばしいのだ。

私自身、どうもいろいろと老いにさからっていて、老いを素直に受容することが

できていない。媼の安らかさ、ああいうものが欲しいと願いながら、最後は正反対の形相になるのでは……と心配である。

ようやく辿りついた砂谷は、山の中腹で、七、八軒の集落だった。少し離れたところに一本の木があり、その下に墓石が一基、それが富樫左衛門尉の墓だという。富樫はもしかしたら、ぼんやりと山伏の一行を通してしまったということも考えられる。あとで気づいてその失策を責められるのがこわさに、こんな山奥に逃亡してしまったのかもしれない。また、わかっていながら逃したとしても結果は同じであっただろう。

弁慶一行のその後の結末は、かなりはっきりしているけれど、富樫のその後はどうなったかなんて誰も考えずに「勧進帳」を、うっとり鑑賞してきたわけだ。

鎌倉時代の初期に、みちのくの関所の隅々にまで鎌倉の通達は及んでいたのだろうか？　古い時代のことを考えると、つい原始的なものに思いがちだが、あるいは現在とさして変らぬすばやさであり、管理能力があったのかもしれない。

その頃の言葉のやりとりは、どんなものであったのか。富樫の悠然たる庄内弁と、たぶんキリキリシャンであったろう弁慶との問答を想像してみると、なんだかおかしくなってくる。

うまく噛み合わなかったのではないか。

山の木々のそよぎ。わずかなたんぼのせいせいとした稲穂。そんなものに誘われるように、親戚の一人が、かつて、

「こんなところに住んでみてちゃ（住んでみたい）」

と言ったら、とんでもない、雪が深くて、とても棲めるようなところではない、粋狂にもほどがある、という答が返ってきたそうだ。たしかに車のない時代だったら、どこに出るにも徒歩で四、五時間はかかるだろうという不便さで、戸数もどんどん減ってゆく過疎地だった。

平家の落人伝説のある村々を調べた人の話では、確たる証拠はなく、むしろ山間僻地の暮しの、あまりの辛さに、落人伝説をこしらえ、子孫に伝え、代々それで耐えしのんできたとおもわれるところが多かったという。

富樫逃亡のはなしも、その信憑性は計りがたい。ただ、山菜の精かとも思われたかの清らかな媼の姿が浮んできて、その先祖も心やさしき人々だったのでは……と信じたくなってしまう。

かくあれかしという願いが凝縮されているような「勧進帳」の原話を形づくってきたのは、いったいどんな人たちであったのだろう。

歌舞伎座の檜舞台をけざやかに踏みならし、みちのくへと消えてゆく弁慶一行もいいけれど、庄内地方の山深くに言い伝えられてきた、弱気とも、気骨あり、とも言える富樫の伝承もまた、捨てがたい。

*

歌物語

朝鮮の古代の史書『三国史記』を読んでいたとき、ふしぎなことに気がついた。読めども読めども事実の羅列——蝗《いなご》が大発生したとか、虎が宮廷に入りこんだとか、虎はさかんに出没しているが、年月日と共にそういう記述が延々と続く。それと王の事績、人事、戦いの記録。

これが正史というものか。

『魏志倭人伝』も思い出すと、やはり事実だけを記そうという強い意志が感じられる。

ひるがえって我が『日本書紀』を思いめぐらせば、なんとまあ詩歌の多いことよ。『記紀歌謡』として取り出せるほどに。

『古事記』はともかく、『日本書紀』は正史の形を採っているのに、史書というより歌物語に近いではないか。そんなことが鮮かに意識されたのは、隣国の史書を読んだおかげである。

『日本書紀』には、さまざまな歌が挿入されているが、それはかなりいい効果をあげている。句読点のように、あるいは息抜きのように、ふっと歌が出てきて、事実の陰影を濃くしている。

いかにも歴史的事件とかかわりを持つような扱われかたをしているが、実際は当時流行していた民謡だったり、相聞歌だったりする。つかず離れずの具合にそれを嵌《は》めこんだ手腕はなかなかのものである。

散文と詩が交互に現れるという点では、『源氏物語』『伊勢物語』『おくのほそ道』みなそうで、これはどうしようもない日本語の体質なのか、癖なのか。

悪く言えば、散文だけで押し通してゆけない弱さかもしれないし、良く言えば平板な叙述に耐えきれず、詩歌で飛躍し、また気をとり直し叙述に戻る――つまり詩心の芳醇とどめがたし。いいんだか悪いんだかよくわからない。ただそういう癖を濃厚に持っているのである。一番最初の『古事記』にすでに現れてしまっているというのがおもしろい。

アメリカのライシャワー駐日大使が、任を終えて帰国するとき、「日本は詩の国である」という言葉を残した。当時、私は「これほど詩がかえりみられなくて、どうして詩の国?」といぶかしく思ったのを覚えている。

その時いぶかしく頭をよぎったのは、現代の自由詩だったわけだが、考えてみると、俳句人口、短歌人口を含めたら厖大な数になるだろうし、職業を問わずなにかにつけて一句ひねる――こういう国柄は珍しいのかもしれない。

「日本人はたいていの人が百篇の詩をそらんじている」と言って驚く外国人がいるが、それは百人一首のことで、外国人から見れば短歌も俳句も自由詩もまったく同じポエジーにみえるのだろう。

もしかしたら、ライシャワー大使は「日本人はあまりにも情緒的にすぎる」と言いたくて、「詩の国」になったのかもしれないけれど。

今でこそすたれたが、むかしは辞世というものもあって、この世を去るにあたっての感慨を述べる伝統もあった。駄句、駄歌も多いが、しみじみと身に沁むものもある。

風さそふ花よりもなほ我はまた
　春の名残を如何にとやせん　（浅野内匠頭《たくみのかみ》）

三十五歳にしてはなんというまさだろう。切腹前にさらさらとこんな歌が詠めるとは。クヤジイの思いを幽艶なものに転化している。日頃の歌の素養がなければ、かなわぬことだろう。

つひにゆく道とはかねてききしかど
　きのふけふとはおもはざりしを　（在原業平）

平安時代の歌ながら、切実に実に切実に今日の歌でもある。真実を摑んでいれば、時代なんかやすやすと飛び越えるということだろう。

今、散文を書いていたつもりが、いつのまにか詩歌がまぎれこんできて、追い出すわけにはいかなくなる。やはり歌物語の伝統につながってしまっているのだろうか。考えてみると、私の書いてきた散文はたいてい歌物語に類するものだった。

金子光晴の詩集『人間の悲劇』や『IL』も、散文と詩とが交互に現れる構成だった。二つともすばらしい詩集だが、出版された当時、ある批評家が「散文と詩とが有機的につながってゆくなんとも斬新な手法である」と書いていた。おかしくて笑ってしまった。

これこそ古くからの日本のお家芸ではありませんか。ただ蘇生のしかたが新しいというだけであって。

女へのまなざし

きちんと調べたことはないが、金子光晴の全作品のうち、その半分以上は女がテーマになっているだろう。

「僕のしごとにしても、ことごとく女性に捧げるつもりで書いたものが多く、エロティカルということは、もっと女の近くにいたいという意欲の端的な心入れ」と本人も書いている。こどもの頃から八十一歳で生涯を終るまで、よく飽きもせず女を視《み》つづけたものだと感心する。

まだ二十代の青年の頃、京都で二、三か月、ふらふらしていて、吉田山の下宿先のカリエスの娘と交渉を持つに至る。身体障害のその娘のやさしさにほだされて、結婚さえ考えるが、「金子さん、偉うなっておくれやす」という言葉に送り出されるように京都を去る。

その時、京都駅にその娘の母親が駈けつけてきたので、すわ、いかばかりなじられるかと身がまえると、その母親は、

「あんさん、うちの娘をよくぞおんなにしてくれはりました。一生、男を知らずに終るところでした」

と、丁重に礼を言われて、二度びっくりして、

「その時、女というものがわかったような気がした」

と言っている。どうわかったかは書いていないが、女の性が植物などと同じく、気まぐれな風や昆虫によってしか結実しない〈待つ性〉であることが心底納得されたということではなかったろうか。もっとも今は攻撃的な女の性もあるわけだが、そこを読んだときなぜか、ドキッとした。ここに限らずドキリは多い。

わかったならそれでいいようなものだが、その後の女性探究はさらに果敢さを増

してゆく。

讃嘆、憧憬、嫌悪、侮蔑、あんぐり驚愕、愛惜、未練、嫉妬、コキュの味、頽廃をさえたっぷり含み、はては孫娘をみる祖父のまなざしまで加わり、あらゆるものが出揃っている。

やぶれかぶれの遍歴に一見みえるが、明治生まれの男性でこれほどていねいに、ていねいに、女ととことんつきあった人は稀であろうと思う。女という異性を通して人間を視るということだったのかもしれない。

しかも日本の女ばかりではなく、中国、東南アジア、ヨーロッパと多彩で、女を通してそれぞれの国の文化の内奥に迫るという回路を持っていた。

性愛においても「ヨーロッパに比べたら、日本人は子供のようなもので、だから西洋人のように老けないのかもしれない」と言われては、吹き出しながら納得させられもする。

女たちへのシンパシイに溢れながら、科学者の持つ冷静な眼のようなものも同時に感じさせられる。冷徹ではあるが冷酷ではない。これは永井荷風の女への対しかたなどに比べるとよくわかる。

そして対象を捉えるのに一切観念を含まない。みずからの耳目、手で摑んだものしか信じないようなところがあって、それがいつまでも古びないフレッシュな切口をみせているのだ。

敗戦直後、ほとんどすべての日本語という日本語は色褪せた。その時、ひとり金子光晴の詩と散文だけが身に沁み通ったという経験を持つ人々は多い。

洗面器の詩はあまりにも有名だが、こののち、どんなに新しく風俗が変ろうとも、「しゃぼり　しゃぼり」の卓抜な擬音は生き続けるだろう。遠慮がちにするときはみんなこの音になる。自分の音としても、きれいなデパートのトイレの隣から聴えてくる音としても、そして老人の介護のなかでも「ああ、しゃぼり　しゃぼりねえ」と。

古池に飛び込む蛙《かわず》の音と同じ、寂寞《じゃくまく》の水音である。

セックスに関しても、

「天地の無窮に寄りつくために、人間に残されているのはセックスしかない」

というところがあって、今までのところ、これにまさるセックスの定義は見つけ出せないでいる。空々漠々の宇宙に対抗するためには鎖の輪のように連なって、種を保存してゆくしかない生きものの本能——そういう観点に立てば、セックスに美も醜もありはしない。いくらか滑稽で、いじらしいばかりである。

ヒッピーの元祖でもあり、西行や芭蕉、山頭火など放浪型の詩人はこの国に多かったが、女（妻）づれで、いちかばちかの外国放浪を果したのも初めての人ではなかったろうか。

「モンココ洗《あら》い粉《こ》」「ジュジュ化粧品」の嘱託となり、パッケージや広告担当で大いに売ったから、コピーライターの草分けでもあった。

東南アジアでは、現地に居ついている日本人たちに「いま、良家の奥さま風なのも多くなってきて、銀座は乱れてきてます」などとオーバーに話すと、みんな目を輝かせて聞き、一宿一飯の恩義にあずかるというふうで、今の週刊誌のやりかたは、かつての僕の稼ぎかたとまったく同じだから、まあ僕が元祖みたいなものとも言っている。

金子光晴と恋に落ちた森三千代が、妊娠してしまい、そのため、お茶の水女高師を退学させられ、中学校長だった三千代の父は、一度は驚いて駈けつけるが、二人を引き離そうとした事実はなく、むしろ終生、支援の側に廻っている。

中国で出会った魯迅も、金子光晴に好意を持ったようだし、この二つのエピソードから、彼はただの根なし草の、へらへら坊だったのではなく、どこか見どころのある魅力に富んだ若者だったのだろうと思う。

詩人としての大きな特質は、日本語のツボの在りか、その押えかたを、憎いほどよく心得ていた人だったと言える。

からだのなかの無数のツボを誤たず取り押えれば、神経、血脈、せんせんと滞りなく流れ出すように、金子光晴の作業は、日本語に歓喜の声を挙げさせている。これもどこか女を扱う手つきに似ていなくもない。

からだのツボに比べたら、言語のツボは無限といっていいほど多い筈だが、日本の詩歌の伝統のなかで、まだ誰にも発見されていなかった新しいツボであったのだ。

「美しいものは穢《きた》ない。穢ないものは美しい」という領域で、ことばの鮮烈さは、思考の鮮烈さということでもある。

その生きかたを、簡単に参考にはできないし、応用もできないのと同じで、下手に真似をすれば命とりになるだろう。

初期の『赤土の家』『こがね虫』から見ると、一朝にして成ったものではなく、永い間の紆余曲折、修練のはての結果であることがわかる。カミソリの刃一枚あれば小鮒《こぶな》もさばけるという器用さがありながら、詩人としてはけっして器用な人ではなかった。完成度の低い作品もあるし、詩集としても不発なものが幾つかある。

散文もすばらしいが、理路整然とはしていないし、片々たる雑文のなかに見逃しがたい素敵な行が光っていたりして、こんなところに深い思索を破片《かけら》のように投げ出さないで！と悲鳴をあげたくなることもしばしばだ。全体としてみれば、ゆるやかに有機的に結合しているのだが、部分や抄だけではとうていその全貌を捉えきれない、なかなか困った人なのだ。この選集（『ちくま日本文学全集』）も、いくつかの入口の扉を示してくれているにすぎないだろう。

私が実際に金子光晴と会ったのは、その晩年の十数年間にすぎないが、その頃は一種言いがたい清冽の気を漂わせていた。

書かれたものからくるイメージは、放蕩無頼、流連荒亡の人生といったものなのに、実際の人間は、荒《すさ》んだものや、薄汚い垢、いやな崩れなど一切まつわりつかせてはいなかった。それがふしぎでもあり、虚実皮膜の間かもしれないが、読者としてはかなりだまくらかされてしまうのかもしれない。

さまざまな女性体験も永い間に醸成されて、美酒のごときものに変じ、老いてなお、知的で繊細な男の色気を失ってはいなかった。対座すると、ひどく安らかでくつろげるのである。

飄々とした雰囲気は、すでに女に関する〈免許皆伝〉かとも思われ、さらに言えば、男女の別さえ突き抜けていた。本来、人と人とは対等であるということが、これほど血肉化され、体現できている男性が日本にも居た！　というこころよい驚き。

話も抜群におもしろくて、ある日、

「家にくる家政婦さんがね、もう年なんだけど、ドリフターズのいかりや長介に夢中でねぇ、ぼくはどうも腑に落ちなくて、森（三千代）に聞いたの、そうしたら、あなたその年になってもまだ女がわからないの？　古今東西、女は有名人好きに決ってるじゃありませんか、てぇの」

夫人にかかっては、かたなしであった。

最晩年は、なぜかエロ爺さんを演じてマスコミにもてはやされた。それをにがにがしく思う人は多かったし、批判もされた。戦時中たった一人、反戦詩を書いていた人として、敗戦後にわかに脚光を浴びた時、

「ジャーナリズムの玩具《おもちゃ》にはなりたくない」

と言い放った人としては、確かに矛盾していた。だが、若い時、「つまらない人間になってやろう」と決心して、さまざま実行したら、ひとびとが次々離れ去ってゆき、そのひりひりした感触を十分に味わった人としては、首尾一貫している。

八十歳近くになって、エロ爺さんを演じることは、本人にとっておもしろくもおかしくもないことだったろうが、あるいは本当に愉しかったのかしら。そのへんの

ところは定かではないが、どうも彼一流の「目くらましの術」の一つであったような気がしてしかたがない。

年功序列型は、芸術家にも及んでいて、年をとれば、いやでも大家にまつりあげられてゆく風土。それへの否《いな》。エロ爺さんであれば、権威にされ尊敬される心配もない。中学時代、〈気をつけ！〉の姿勢がうまく出来なくて、ゆらゆらし、〈こんにゃく〉なるニックネームがついたが、終生こんにゃくを通したかったのであろう。これは推定にすぎないが、当初から私にはそのようなものに見えていた。

若い時からたえず反に転じたエネルギーには呆然となる。妻の不倫への対処も、姦通罪のあった当時の常識からは大いなる反であった。思い出してみると、ゾクッとするほど美しい女の描写は、たいてい森三千代夫人に捧げられていて、多くの散文のなかにそれらはひっそりと宝石のように隠されている。

今のような長寿社会になってみると、あまりに年若く逝《い》った人の作品は、なんとなく物足りなくなってくるようである。

「堕落することは向上なんだ」といい、絶望しながら意気軒昂という逆説を生き抜き、八十歳を過ぎてもおどけまくったその生涯と作品こそは読むに足るものになってゆくのかもしれない。生きかたそのものが詩であり、なにしろ日本人の幅を大きく拡げてくれた人なのだから。

道草をくい、てくてく歩き廻り、よそ見ばっかりして、いわゆる大人の分別からも遠く、いったい何だやら……のところもあるのだが、ベルトコンベアに乗り、グリーン車で終着駅まで、あとはさっさと墓場に入っていったつまらない人達に比べたら、彼はゆったりと、おいしい実を、確実に、いっぱい採ったのだ。危険を冒しながら。

それは後の世の人々をも潤してくれるドリアンのような果実である。

平熱の詩

山之口貘の詩のなかで、あまり人の注目をひかない、そして言及されたものも見たおぼえがない、けれど逸することのできない一篇がある。

応召

こんな夜更けに

誰が来て
のっくするのかと思ったが
これはいかにも
この世の姿
すっかりかあきい色になりすまして
すぐに立たねばならぬという
すぐに立たねばならぬという
この世の姿の
かあきい色である
おもえばそれはあたふたと
いつもの衣《ころも》を脱ぎ棄てたか
あの世みたいににおっていた
お寺の人とは
見えないよ

終りの三行が、秀逸である。

かあきい色とは当時の軍服の色で、召集令状がきて、あわてて挨拶に立ちよった知人の僧の姿である。きのうまでの僧衣や袈裟《けさ》をかなぐりすてて、たちまちに兵隊に化けてしまった滑稽さ。

ふだんは、むやみな殺生を禁じ、慈悲の心を説き、煩悩の浅ましさを教え、あの世への解脱を語り、しめやかにお経をあげていた人が、一転、軍服を着て、

「只今より、人殺しに行ってまいります!」

と敬礼するようなものだから、矛盾のきわみである。

もっともその頃は、召集されたら、国の楯《たて》となって死ぬのだ、死ぬのだ、という意識のほうが強かったが、征けば実態は人殺しだった。僧職に限らず、兵士になってはなんとしてもおかしいよ、という職種はまだある。

今おもえばあたりまえのことだが、一九四〇年代はそこに矛盾も疑問も持つ人はなかった。

私も日の丸の小旗を打ちふって、僧職にあった人の出征を見送ったおぼえがある。そんなに若い人ではなかった。国民皆兵で否も応もなかったとはいえ、日頃の行いからはあまりにもうらはらな変りよう。戦友の弔《とむら》いには便利であったというけれど、それにしても……。

一人貘さんは、その虚を衝《つ》いたのだ。やわらかいはなし言葉で、ポッンとひとりごとのように。けれど内包しているものは鋭くて、このブラックユーモアはこたえる。

易しくわかりやすい日本語で、これだけのことが言える。観念語も詩的修飾語も使わなかったことが、詩としてのとびきりの新しさだったのだ。更に上等なのは、肩の力がふわりと抜けていることである。

推敲の鬼とも言われた人で、一篇の詩を完成させるのに、二百枚も原稿用紙を消費したと伝えられ、「ちょっとぱあではないか」と当時から、からかわれたりしているが、今読んでみると、やはりそれだけのことはある。実にやわらかいが、助詞ひとつ動かせない硬質さでぴたりと定まっている。推敲はむずかしく、へたにいじりまわすと最初の生気が失われてしまう。そのへんの呼吸はよく心得ていた人のようだ。

山之口貘は沖縄県出身で、若い頃就職しようにも「チョーセン・オキナワお断り」の貼紙に何度も苦汁を飲まされ、定職につけず、ルンペン詩人と呼ばれた時代もあった。貧乏においても右に出る者なしだったが、生涯、精神の高貴さを失わなかったことでも知られている。

日本の社会から疎外された境遇が、このように曇らない眼、歪みを見据える眼を持ちえた原因なのだろうか。狂気、異常、狐憑――今ならばなんとでも言える一九四〇年代、たいていの人が、こころの方は、三十八度から四十度くらいの高熱を発し沸騰していた。からだのほうも栄養不足の結核で微熱を発している人が多かった。そういうなかで身心ともに、平熱三十六度を保ちえた山之口貘の冷静さ。ふしぎである。

どうして？　と何度も問うてみるが、幾つかの理由は考えられるものの、はっきりした答を引き出すことができない。

かつて高熱を発していた詩は、一見有効そうに見えていたのだが、アッというまに引潮にさらわれて行方も知れず消えてしまい、貘さんの詩は残った。

昂揚感というのもいいものだが、それも恋愛とか、学問上の発見とか、仕事のよろこび、スポーツの達成感など、内発的なものに限られる。他から強制されたり操られたり時代の波に浮かれたりの昂揚感は化けの皮が剝がれた時、なんともいえず惨めである。その惨めなものを沢山見てきてしまったような気がする。自分自身のこととしても。

からだもこころも平熱であるにしくはない。そして、平熱はたえず試されるものであるらしい。うっかり風邪をひいてさえ、そのことを思う。

祝婚歌

二人が睦まじくいるためには
愚かでいるほうがいい
立派すぎないほうがいい
立派すぎることは
長持ちしないことだと気付いているほうがいい
完璧をめざさないほうがいい
完璧なんて不自然なことだと

うそぶいているほうがいい
二人のうちどちらかが
ふざけているほうがいい
ずっこけているほうがいい
互いに非難することがあっても
非難できる資格が自分にあったかどうか
あとで
疑わしくなるほうがいい
正しいことを言うときは
少しひかえめにするほうがいい
正しいことを言うときは
相手を傷つけやすいものだと
気付いているほうがいい
立派でありたいとか

正しくありたいとかいう
無理な緊張には
色目を使わず
ゆったり　ゆたかに
光を浴びているほうがいい
健康で　風に吹かれながら
生きていることのなつかしさに
ふと　胸が熱くなる
そんな日があってもいい
そして
なぜ胸が熱くなるのか
黙っていても
二人にはわかるのであってほしい

吉野弘さんの「祝婚歌」という詩を読んだときいっぺんに好きになってしまった。

この詩に初めて触れたのは、谷川俊太郎編『祝婚歌』というアンソロジーによってである。どうも詩集で読んだ記憶がないので、吉野さんと電話で話した時、質問すると、

「あ、あれはね『風が吹くと』という詩集に入っています。あんまりたあいない詩集だから、実は誰にも送らなかったの」

ということで、やっと頷けた。

その後、一九八一年版全詩集が出版され、作者が他愛ないという詩集『風が吹くと』も、その中に入っていて全篇読むことが出来た。

若い人向けに編んだという、この詩集がなかなか良くて、「譲る」「船は魚になりたがる」「滝」「祝婚歌」など、忘れがたい。

作者と、読者の、感覚のズレというものがおもしろかった。

自分が駄目だと思っていたものが、意外に人々に愛されてしまう、というのはよくあることだ。

また、私がそうだから大きなことは言えないが、吉野さんの詩は、どうかすると理に落ちてしまうことがある。それから一篇の詩に全宇宙を封じこめようとする志向があって、推敲に推敲を重ねる。

「櫂」のグループで連詩の試みをした時、もっとも長考型は吉野さんだった記憶がある。

その誠実な人柄と無縁ではないのだが、詩に成った場合、それらはかえってマイナス要因として働き、一寸息苦しいという読後感が残ることがある。

作者が駄目だと判定した詩集『風が吹くと』は、そんな肩の力が抜けていて、ふわりとした軽みがあり、やさしさ、意味の深さ、言葉の清潔さ、それら吉野さんの詩質の持つ美点が、自然に流れ出ている。

とりわけ「祝婚歌」がいい。

電話でのおしゃべりの時、聞いたところによると、酒田で姪御さんが結婚なさる時、出席できなかった叔父として、実際にお祝いに贈られた詩であるという。

その日の列席者に大きな感銘を与えたらしく、そのなかの誰かが合唱曲に作ってしまったり、またラジオでも朗読されたらしくて、活字になる前に、口コミで人々の間に拡まっていったらしい。

おかしかったのは、離婚調停にたずさわる女性弁護士が、この詩を愛し、最終チェックとして両人に見せ翻意を促すのに使っているという話だった。翻然悟るところがあれば、詩もまた現実的効用を持つわけなのだが。

若い二人へのはなむけとして書かれたのに、確かに銀婚歌としてもふさわしいものである。

最近は銀婚式近くなって別れる夫婦が多く、二十五年も一緒に暮しながら結局、転覆となるのは、はたから見ると残念だし、片方か或いは両方の我が強すぎて、じぶんの正当性ばかりを主張し、共にオールを握る気持も失せ、〈この船、放棄〉となるようである。

すんなり書かれているようにみえる「祝婚歌」も、その底には吉野家の歴史や、夫婦喧嘩の堆積が隠されている。

吉野さんが柏崎から上京したての、まだ若かった頃、私たちの同人詩誌「櫂」の会で、はなばなしい夫婦喧嘩の顚末を語って聞かせてくれたことがある。

ふだんは割にきちんと定時に帰宅する吉野さんが、仕事の打合せの後、あるいは友人との痛飲で二次会、三次会となり、いい調子、深夜すぎに帰館となることがある。

奥さんは上京したてで、東京に慣れず、もしや交通事故では？　意識不明で連絡もできないのでは？　待つ身のつらさで悪いことばかりを想像する。

東京が得体のしれない大海に思われ、もしもの時はいったいどうやって探したらいいのだろう？　不安が不安を呼び、心臓がだんだんに乱れ打ち。

そこへふらりと夫が帰宅。奥さんのほっと安堵した喜びが、かえって逆にきつい言葉になって、対象に発射される。こういう心理状態はよくわかる。なぜなら私もこれに類した夫婦喧嘩をよくやったのだから。

今から二年ほど前、吉野さんは池袋駅のフォームで俄かに昏倒、下顎骨を強く打ち、大怪我された。歯もやられ、恢復までにかなりの歳月を要した。どうなることかと心配したが、その時、私の脳裡に去来したのは、若き日の吉野夫人の心配性で、あれはあながち杞憂でもなかったということだった。

「電話一本かけて下されば、こんなに心配はしないのに」

ところが、一々動静を自宅に連絡するなんてめんどうくさく、また男の沽券にかかわるという世代に吉野さんは属している。売りことばに買いことば。

吉野さんはカッ！　となり、押入れからトランクを引っぱり出して、

「おまえなんか、酒田へ帰れ！」

と叫ぶ。

「ええ、帰ります！」

吉野夫人はトランクに物を詰めはじめる。

「まあ、まあ」

と、そこへ割って入って、なだめるのが、同居していた吉野さんの父君で、それでなんとか事なきを得る。

これではまるで私がその場に居合せたかのようだが、これは完全な再話である。

長身の吉野さんが身ぶりをまじえての仕方噺《しかたばなし》で語ってくれたのが印象深く焼きつい

ているから、細部においても、さほど間違っていない筈だ。
二、三度聞いた覚えがあるので、トランクを引っぱり出すというのは、吉野家におけるかなりパターン化した喧嘩作法であるらしかった。留めに入る父君の所作も、だんだんに歌舞伎ふう様式美に高められていったのではなかったか？
酒豪と言っていいほどお酒に強く、いくら呑んでも乱れず、ふだんはきわめて感情の抑制のよくきいた紳士である彼が、家ではかなりいばっちゃうのね、と意外でもあり、不思議なリアリティもあり、感情むきだしで妻に対するなかに、かえって伴侶への深い信頼を感じさせられもした。

いつか吉野夫人が語ってくれたことがある。

「外で厭なことがあると、それを全部ビニール袋に入れて紐でくくり、家まで持って帰ってから、バァッとぶちまけるみたい」

ビニール袋のたとえが主婦ならではで、おもしろかった。

更にさかのぼると、吉野御夫妻は、酒田での帝国石油勤務時代、同じ職場で知り合った恋愛結婚である。

その頃、吉野さんはまだ結核が完全に癒えてはいず、胸郭成形手術の跡をかばってか、一寸肩をすぼめるように歩いていた。当然、花婿の健康が問題となる筈だが、夫人の母上はそんなことはものともせず、快く許した。

御自分の夫が、健康そのものだったのに、突然脳溢血で、若くして逝かれ、健康と言い不健康と言ったところで所詮、大同小異であるという達観を持っていらしたこと、それ以上に吉野弘という男性を見抜き、この人にならと……と思われたのではないだろうか。

「女房の母親には、終生恩義を感じる」

と、いつかバスの中でしみじみ述懐されたことがあるが、それは言わず語らず母上にも通じていたのだろう、

「おまえはきついけれど、弘さんはやさしい」

と、自分の娘に言い言いされたそうである。

新婚時代は勤務から帰宅すると、すぐ安静、横になるという生活。

長女の奈々子ちゃんが生まれた時、すぐ酒田から手紙が届き、ちょうどその頃、

「櫂」という私たちの同人詩誌が発刊されたのだが、

「赤んぼうははじめうぶ声をあげずに心配しましたが、医師が足をもって逆さに振るとオギャアと泣きました。子供、かわいいものです」

と書かれていた。私の感覚では、それはつい昨日のことのように思われるのだが、その奈々子ちゃんも、もう三十歳を越えられ、子供も出来、吉野さんは否も応もなく今や祖父。

「祝婚歌」を読んだとき、これらのことが私のなかでこもごも立ちあがったのも無理はない。幾多の葛藤を経て、自分自身に言いきかせるような静かな呟き、それがすぐれた表現を得て、ひとびとの胸に伝達され、沁み通っていったのである。

リルケならずとも「詩は経験」と言いたくなる。そして彼が、この詩を一番捧げたかったのは、きみ子夫人に対してではなかったろうか。

話は突然、飛躍するが、私の親戚の娘で、音楽の修業に西ドイツに旅立った、秀《しゅう》圃《ほ》さんという人がいる。

桐朋を出たヴァイオリニストで、一心不乱に勉強するうち、やがて「ベルリン・ドイツ・オーパー（オペラ）」の楽員になった。

外国人が楽団員として正式に採用されるのは、きわめて難しいらしく、日本人では初めてということだった。

音楽に余念なかったが、いつのまにか同じオーケストラのヴァイオリニスト、トーマス君という青年と恋におちた。

結婚へと話が進み、秀圃さんの両親は愕然、国際結婚を危ぶんで猛反対となった。

若い人の腕のつけねあたりに、既に大きな翼が育っていて、悠々大空を舞う力がついているのに、その翼がまるで見えないのが、一般に親の習性というものかもしれない。

親の目から見れば、いつまでも雛鳥なのだ。

こういう時、私は親でないゆえの無責任かもしれないが、大抵若い人の味方である。

いろんな紆余曲折を経て、ついに両親のほうが折れ、結婚となった。

西ドイツの青年、トーマス君は敬虔なカトリック信者で、結婚式には新郎側として聖書の一節が読まれることになった。新婦側でも母国のいい詩を披露してほしい、となって、私に詩の選択の依頼があった。

トーマス君の知っている日本の詩は「雨ニモマケズ」一つであるという。

即座に吉野さんの「祝婚歌」が浮んできた。

改めて読んでみる。それまであまり意識しなかったが、東洋的思考がかなり濃厚な詩だという、再発見をした。

徹底的に原理を追求するヨーロッパの思考法とは、対極に立つ詩である。聖書の一節に十分拮抗できるではないか。

若い恋人二人は、この詩を大層気に入ってくれて、一緒に力を合せてドイツ語に翻訳した。

結婚式は、ルクセンブルクに近い、トリア市の教会で行われた。モーゼル川に沿った、落ちついた街で、カール・マルクスの生誕地でもあるという。

そこで、準備された「コリント人に与えた手紙」と「祝婚歌」が、聖歌隊によって読まれ、新婦の国、日本の詩は、出席した人々に大きな感動を与え、神父様もかなり長く吉野さんの詩について解説されたという。

もちろんドイツ語訳もよかったのだろうが、内容さえ良ければ、たとえ何国語に翻訳されようとそのエッセンスはつたわる筈――かねがね思っていたことが実証されたようで私もうれしかった。しかも活字や本によって論評される対象としてではなく、その日集まった百六十人くらいのドイツ人の、日常のなかに溶けこんでいったのがよかった。

しばらく経ってから結婚式の写真と「祝婚歌」のドイツ語訳のコピーが送られてきたので、吉野さん宛に転送した。どういうなりゆきになるかわからなかったので、結局は事後承諾になってしまったが、

「ぼくの知らない西ドイツの街で、ぼくの詩が読まれ、若い人たちの祝福に立ち会えたなんて」

と喜んで下さった。

文学畑の人々に読まれ云々されることよりも、一般の社会人に受け入れられるこ

とのほうを常に喜びとする、吉野さんらしい感想だった。

それから更に日は流れて、「祝婚歌」の浸透度は一層深く、かつ、ひろがってゆくようである。

某大臣が愛誦し、なにかにつけて引用しているという話も紹介されたし、結婚式で朗読されることも以前にもまして多くなってきたらしい。新郎新婦のほうはキョトンとして、

「なんのこと？」

というありさまなのに、列席した大人たちのほうが感銘を受け、「どこの出版社のなんという詩集にあるのか？　コピーがほしい。使用料は如何？」という問い合せがしきりのようだが、その答もまたいかにも吉野さんらしい。

「これは、ぼくの民謡みたいなものだから、この詩に限ってどうぞなんのご心配もなく」

というのである。

現代詩がひとびとに記憶され、愛され、現実に使われているということは、めっ

たにあるものではない。ましてその詩が一級品であるというのは、きわめて稀な例である。

尹東柱について

ソウルの本屋の詩集コーナーの熱気は凄いと、かつて書いたことがあるのだが、見たことのない人は半信半疑で「本当なんですか？」と言う。

二年ほど前、ソウルの本屋で詩集を探していた時、隅っこのほうで、中学生らしい女の子三人がかたまって、一人が一冊の詩集を澄んだ声で朗読し、他の二人はせっせと音を頼りにそれを書き写していた。

「誰の詩集？」

と韓国語で声をかけてみたかったが、ドキッとさせるのがかわいそうで、思いとどまった。書店は大目に見ているらしいのだが、詩集を買わずに書き写すのは、幾分うしろめたい行為であるらしく、隅っこのほうだったり、しゃがんだりしている。しばしばこういう光景に出会う。

中学生や高校生のお小遣いでは、一冊の詩集はかなり高価なものにつくのだろうか。そのかたわらをそっとすり抜け、ふりかえった時、詩集の背表紙の写真が目に飛び込んできた。

「ああ、尹東柱《ユンドンヂュ》！」

尋ねたりしなくてよかった。中学生に見えたが、あるいは高校生だったかもしれない。いずれにしても、こんな若い少女たちに愛され、抱きとられている尹東柱という詩人のことが、改めてじんと胸にきた。忘れられない記憶である。

韓国の新聞では、何年かおきに、読者による詩人の好選度（好感度）というのが載る。二度見たが、二度とも第一位は尹東柱で、他の詩人は乱高下がはなはだしい。これからもきっとそうだろう。詩人の名前を見ると、老若男女、無作為にアンケートをとっているのがわかり、公正なランキングをめざしているようなのだ。学校でも教えるし、たぶん韓国で尹東柱の名前を知らない人はないだろう。もはや、受難のシンボル、純潔のシンボルともなっているようだ。

けれど、日本ではあまりにも知られていない。日本へ留学中、独立運動の嫌疑で逮捕され、福岡刑務所で、一九四五年、獄死させられた人であるというのに。

『ハングルへの旅』(朝日新聞社、一九八六年刊)という本を出した時、尹東柱に触れた一章を書いたのも、こういう詩人が隣国にいたことを、少しは知ってほしいと願ってのことだった。それが筑摩書房の国語教科書(高校用)に掲載されて、教材の一つになった。

検定を通すために、当時、編集部の野上龍彦氏が払った努力は並たいていのものではなかった。

粘り勝ちに見えたが、このことはむしろ韓国で大きな反響を呼び、いくつかの新聞が取りあげた。〈日本もようやくにして尹東柱を認めたか……〉という長嘆息を聞くおもいだった。

ただ私自身がそうであるように、教師自身が試されてしまうような教材で、きわめてやりにくいものだろうと想像された。日韓・日朝の近代史にまったく無関心できた人ならば、最初から学び直さなければならないものをも含んでいる。

今までにたった一校だが、成城学園高校の生徒たちの感想文が近藤典彦先生から送られてきた。一クラス全員の感想文を読まされるのは苦しくて、かんべんして！と言いたくなることが多いのだが、この時は丹念に読んだ。どのように受けとめられたのかを知りたかったのだが、生徒それぞれがしっかり把握しているのが感じられ、これは先生の授業内容の成果だったのだろうと思う。

尹東柱の全集――といっても一巻だが、『空と風と星と詩』は、伊吹郷氏の全訳で影書房から出ている。二十七歳で獄死に至るその短い生涯を、真摯に追求した研究も付された労作だった。

このたび筑摩書房から評伝『尹東柱――青春の詩人』が出版された。著者は宋友《ソンウ》恵《ヘ》という尹東柱の遠縁にあたる女性で、訳は同じく伊吹郷氏による。

遠縁にあたる立場を駆使して、その生いたちから詳しく辿っているのだが、この原著の叙述の重複を避け、あきらかな間違いは正し、日本人に読みやすいように構成し直す作業もあったようで、訳ばかりではなく編も兼ねている。

人名も例えば最初は宋友恵《ソンウヘ》と漢字にルビで書かれているが、中に出てくるときは、ソンウヘとカタカナばかりになっていて、人物が錯綜してくると、その関係が捉えにくい。むかし少女時代にロシア文学を読んでいて、その人名のややこしさに閉口したのを思い出す。

しかしこれには訳者の強い意志が働いているようで、韓国では現在、自分の名前を記すとき漢字を使わず、ハングルで表記する趨勢になっているので、それにのっとってカタカナで表わしているのだろう。

考えてみれば、外国名のややこしさはなんとか努力して乗り越えてきているのに、韓国・朝鮮・中国などの漢字文化圏の人名は漢字であってほしいと思ってしまうのは、一種の怠慢なのだろうか。それとも、私がすでに古い漢字世代に属してしまっているからなのだろうか。

また、ふしぎでならないのは韓国の人名は、ジャーナリズムやマスコミでその発音に近い音で表記しようと努力しているが、中国人の氏名は昔ながらの日本読みである。

私の詩が中国語訳になったことがあるが、その時は茨木則子になっており、石垣りんは石垣鈴だった。同じ漢字文化圏とは言いながら、なんともはやの流動ぶりである。

『尹東柱——青春の詩人』を読みながら、人名のカタカナ表記の馴染のなさが、ネックにならなければいいが、と思う。

尹東柱を理解するために、この評伝から新たに知り得たことも多かった。

父は息子に対して医学部へ行くことを強要するのだが、親おもいの人であったにもかかわらず、尹東柱はこのことばかりは頑として聞きいれず対立、文科へすすんでしまったこと。

父かたのいとこの宋夢奎《ソンモンギュ》とは終生、親友にして良きライバルであったが、そのことが結局、尹東柱の逮捕につながってしまったこと。宋夢奎は中学時代から独立運動に身を投じ、中国に潜入、特高の要注意人物に挙げられていた。

宋夢奎は京大の史学科に入るが、尹東柱は落ちてしまい、立教大学に入学、父は国立大学信仰で、東北大学に移ることをすすめたが、この場合も父親の期待を裏切って、同志社大学に変っている。これもいとこの宋夢奎と共に京都で暮したかったからだろう。東北大学に移っていたら……と思わずにはいられない。

ほのかにおもいを寄せた韓国女性もいたのだが、それを伝える前に相手が別のひとと婚約してしまったために遂に実らなかったのも、妹の証言でわかり、女性には縁なく終った生涯であったらしい。「トンヂュは顔だちもよく、街に出ると女学生からつくづく眺められることもあり、女から言葉をかけられることもあった」という美青年であったにもかかわらず、である。

獄死の真相も、新しい多くの証言が集められているが、あまりにもばらばらで、ますます謎を深める結果になっている。

ただ遺体に立ち会った親族の一人が「棺のふたを開けると、〈世の中にこんなこともあるのですか?〉とトンヂュはわたしに訴えているようだった」とあり、それがなんだかこちらにも見えてくるような気がした。

「日本の若い看守が一人ついてきて、われわれに〈トンヂュが亡くなりました。ほんとうにおとなしい人が……亡くなるとき、なんの意味かわからないけれど、悲鳴をはりあげて息をひきとりました〉と言いながら、同情する表情をみせた」

とも証言している。このことは今までにも知られていたが、若い看守であったこと、同情的であったことは、この評伝で初めて知ることができた。若者という若者はすべて狩り出されていた一九四五年頃に、看守をしていた若者とは、どういう人だったのだろう。

そしてまた、なんの意味かわからなかった絶叫の中身——そこに嵌るべき言葉は何だったのだろうか。

一九九〇年、尹東柱の甥にあたる、尹仁石《ユンインソク》さんに東京でお目にかかる機会があった。

あかい額に冷たい月光がにじみ
弟の顔は悲しい絵だ。

歩みをとめて
そっと小さな手を握り
「大きくなったらなんになる」
「人になるの」
弟の哀しい、まことに哀しい答えだ。
握った手を静かに放し
弟の顔をまた覗いて見る。
冷たい月光があかい額に射して
弟の顔は哀しい絵だ。

〈弟の印象画〉（伊吹郷訳）という詩に出てくる弟は、尹一柱《ユンイルヂュ》氏で、その子息が仁石《インソク》氏だった。〈弟の印象画〉は素朴だけれど惹かれるものがある。あかい額というのは陽にやけた赤銅色であるだろう。この詩の書かれたのが一九三八年であったことを思うと、「大きくなったらなんになる?」という兄の問いに「人になるの」と無邪気に答えた弟に、今の状態では人間にすらなれまいという暗然たる亡国の憂いがきざして、まじまじと顔をみつめるさまが伝わってくる。

時移り、一柱《イルヂュ》氏はりっぱな〈人〉に成って、兄の仕事を跡づけ、今見るような形にしてくれた人で、ゴッホにおける弟テオのような役目を果した。たった一度お目にかかったきりで、一九八五年に逝ってしまわれたが、その印象はきわめて鮮かで、私の視た、最高の韓国人の一人に入る。

子息の仁石《インソク》氏は、留学生として日本に来ていて、現在はソウルへ帰国し、成均館《ソンギュングアン》大学・建築工学科の助教授になられた。中村屋でライスカレーを食べながら話したのだが、その折、きれいな日本語で、

「(容姿が)ぼくは父にはまさると思っていますが、伯父(尹東柱)には負けます」

と、いたずらっぽく笑った。

静かだけれど闊達で、魅力的な若者だった。そしてまた、

「伯父は死んで、生きた人だ――とおもいます」

とも言われた。

私も深く共感するところだった。人間のなかには、稀にだが、死んでのちに、煌めくような生を獲得する人がいる。尹東柱もそういう人だった。だが、彼をかくも無惨に死なしめた日本人の一人としては、かすかに頷くしかなかったのである。

*

晩学の泥棒

韓国の諺に、

「晩学の泥棒　夜の明けゆくを知らず」

というのがある。

年をとってからやりはじめたものは、何事によらずのめりこみやすいという意味らしい。

「四十すぎての浮気はとまらない」

という日本の言いかたと対応するかと思うが、浮気のたとえより、晩学の泥棒が熱中のあまり、いつまでも錠前をがちゃがちゃやっていたり、倉の中でごそついていたりして、夜の白むあかつきどき誰かに発見されたりする滑稽味のほうがはるかにおもしろい。

「としよりの冷水」というからかいもたぶんに含まれているようだ。この諺は思い出すたびにおかしくて、また現在の自分の姿に重ね合せてしまったりもする。

なぜなら、私は五十歳を過ぎてから、隣の国のハングルを学びはじめ、いつのまにか十年の歳月が流れてしまった。まさに晩学の泥棒である。

おもしろくて夜の白みはじめたのに気がつかなかったこともあるが、語学のほうは「御用！」とも「お縄頂戴」ともならないところがありがたい。若い時ならもっと手際よく学べたかもしれないのに、五十歳を過ぎてからではたぶん数倍の時間と労力がかかっているに違いない。

ただ、心の中ではひそかにこうも思う。若い時はまだ日本語の文脈がしっかりしてはいない。五十歳を過ぎれば日本語はほぼマスターしたと言っていいだろう。それからゆっくり〈外国語への旅〉に出かけても遅くはない。

外国語を習うことは母国語の問題でもあるのだ。外国語はぺらぺらなのに、日本語のほうはなんともたどたどしいという若者も多い。

ウッソー、カワイイ、ぐらいの語彙ですませていると翻訳のときなんかお手あげだ。なにごとであれ、何かを始めようと思うとき、遅過ぎるということはない、などなど。

おなじく韓国の諺に、

「始まりが半分」

というのがある。何かをやろうと意志したとき、事の半分かたは既に達成したようなものだという意味。このおおらかさもいたく気に入っている。「九割がた出来ても出来たと思うな」式の日本の几帳面さとはだいぶ違う。

「始まりが半分」だとしても、後の半分が大変だと言えるかもしれないが、ものは考えようである。

私がハングルを習った金裕鴻《キムユホン》先生は、最初にこの諺を教えてくださった。前途茫々あてどなしが救われる思いだった。

語学コンプレックスにはたいていの人が侵されていて、「駄目！　駄目！」と思いこんでいる人が多い。私もごたぶんに洩れず語学は駄目と思いこんできた。

女学生時代は戦時中のこととて、英語は敵性言語、どうでもよろしいみたいに実にいい加減な教えられかたをしてきた。英語は全然駄目で、そのコンプレックスは今に至るまで尾をひいている。

ハングルもいつ挫折するかわからないので、こっそり始めたのだが、教えて下さった金《キム》先生がすばらしい方で、その情熱的な教授法にひきずられ、気づいたときにはおもしろくて止められなくなっていたのである。

「語学とは、師のこととみつけたり」であった。

ひとつの発見は、自分の頭のなかに、未知の休耕田があったということだった。自分のことは大体すべてわかっているつもりだったのに。

耕しかた次第で、沃野とまではいかないまでも、何かが実るたんぼがあったということである。

語学に限らず、いろんな可能性を秘めた田が、まだまだ眠りほうけているのかもしれない。この年になって、こういう自己発見をできたのがうれしかった。

もうひとつうれしいのは、韓国へ行って、まがりなりにも会話をたのしむことができることだった。言葉を通して、隣国びとの性格や心理の襞、文化ショックを受けたりするのは、またひとつの新しい世界がひらけてくることでもあった。

こちらの会話能力が子供なみということもあるが、子供たちと話すのが何よりたのしい。

「犬の名前はなんて言うの?」「どこの学校?」「何年生?」そんな質問に的確な答が返ってくるとき、「ああ、通じた、通じた」と欣喜雀躍、子供は率直だから発音が悪ければ通じず答えてはもらえない。

もちろん、やればやるほど奥深くて、とんでもないところへ迷いこんだ気分にさせられることもあるが、詩がなんとか訳せたり、友人たちと一緒に小説を翻訳し終えたときなど、他者から与えられる受身の娯楽などとは段ちがいの、深いよろこびが湧いてくる。

今頃こんなよろこびを味わったりしているのは、若い頃なにをやっていたんだか……怠けてばかりいた証拠のようでもある。若い時、怠けていたのは、でもそんなに悪いことじゃないのかもしれない。やりたい余力がまだ十分残されていたのだから。

生涯に使いきるエネルギーが有限であるのなら、若い時、全力投球しないほうがいいのかもしれない。

つい最近知った、ロシアの古い諺に、

「百年生きて、百年学んで、馬鹿のまま死ぬ」

というのがある。

それはそうでしょうねえ。深い真実をついていて、この諺も思い出すたびに、はればれとおおらかな気分にさせてくれる。

韓《から》の国の白い花

梨の花

南原《ナモン》は、「春香伝」の舞台ともなった古都である。

この街を、ぶらぶらと、長い土塀ぞいに歩いていたとき、前を行く老婦人の後すがたが目にとまった。

白いチマ・チョゴリを着て、きっちり結いあげた白髪まじりの髷に、ピニョという簪《かんざし》を横一文字にピッとさし、悠然と歩いてゆく。

この国の人たちは、みな姿勢がいい。

背すじをピンと立て、腰のあたりになんともいえない威厳がある。

〈威あって猛からず〉の風姿である。

こういう姿には久しぶりに出逢ったような気がして、ほれぼれとした。

どこの国でもそうだが、民族衣装というものはいい。

その国のひとたちにしっくりと似合う。着物を捨ててしまった私は、いささか哀しくそのことを憶う。

チマ・チョゴリも、若い時はかなり派手な色を着るが、年をとると、白か、薄い水色のものを着ることが多い。

一番心惹かれるのは、白を着た女性たちである。

白なら誰でもいいかと言えば、そうはいかない。チマはロングスカートだから、歩く便利さのためか、腰のあたりを紐でしばり、たくしあげてだらしなく着ている人もいるが、あれはいただけない。

白を全身にまとうというのは、よほど気持がシャンとしていなければ、着こなしは難しいものだろう。

この人は特別だ。

じぶんの後を、異国の人が、そんな強烈な印象を受けつつ、目で追っているとはつゆしらず、暮れなずむ街角を、ふっと曲って消えた。

もしかしたら、折しも満開の梨の木の精であったかもしれない。

そんな余韻を残して消えた。

野の花

野に咲いている花をみて、

「あれは、なんという花？」

と尋ねてみても、韓国では、

「さあ、知らない」

という答が返ってくることが多い。

そう言えば、詩の中に出てくる場合も、「野の花」ですませていることが多いのだった。

いちいち名前なんか書いてはいない。

改めて日本語のことを思うと、かそけく咲いている野の花にも、なんと沢山の名前がついていることだろう。

雀のてっぽう
あつもり草
ほととぎす
ぺんぺん草
われもこう
ゆきわり草
まむしぐさ

分類し命名せずんばやまずのいきおいで、方言も加えたら、どれぐらいになるものか。

日本人の緻密さ、韓国人のおおらかさ、それぞれである。

そして、訪れた韓国人の家で、花が生けてあるのも見た記憶がない。しりあいの韓国人に聞いてみると、花を生ける習慣がないのだと言う。

部屋に花がないと、なんとなく淋しいと思う日本人と、これも大きな違いである。

野草であれ、高山植物であれ、珍しいものをみつけると、思わず引っこぬき、盆栽や庭に植えて、我がものとして愛《め》でなければ気がすまない日本人と、〈花は野に置け〉の韓国人との違いでもある。

旅で逢う花

慶州《キョンジュ》の近くの仏国寺かいわいで、おもいもかけず、まっさかりのライラックに出逢った。

仏国寺近くの農家の庭さきに、白と紫、二本のライラックが咲き匂っていた。

燭をかかげたような花が好きで、その匂いも好きで、〈やあ!〉という感じで、しみじみと眺めた。

我が家にも一本あって、大事にしていたのだが、枯れてしまったのだ。

異国で、じぶんの好きな花に出逢うのは、また格別である。

牛をひっぱってきた男が、のっそりとその庭さきに入っていった。

そこを離れて、しばらく歩くと、すっと近寄ってくるものの気配。

赤ん坊を背負った三十歳ぐらいの女性だった。

「宿は決っているか? 決っていないのなら、家へ泊れ」

という意味の韓国語だった。

どこで見ていたのだろう？　民宿でも営んでいるらしかった。

「宿はもう決っている」

と答えると、残念そうな顔で去った。

やつれた姿だったが、なにかしらあたたかいものが残った。

くくりつけられ、無心に笑っている赤ん坊のせいだったかもしれない。

もう十年も前の話だが、今でもライラックを見ると、あのときのことが、なつかしくよみがえってくる。

旅さきで出逢った花は、意外にも永く心に残るものであるらしい。

ものに会う　ひとに会う

ソウル

ソウルの仁寺洞《インサドン》は骨董屋街として知られているが、取り澄ましたところがなく、いたってきさくな店々が軒を並べている。

この通りを歩いているとき、ピカッと光る店を一軒みつけた。金属工芸の店である。だから光っていたというわけではない。いいものは探さなくても向うから働きかけてくるという経験は今までにも沢山あって、ウィンドウの飾りつけを見ただけで「これは！」という予感がして「阿園工房《アウオンコンバン》」と書かれた扉を押して、吸いよせられるように入っていった。

銅細工が多いが、骨董品ではなく、ニュークラフトといっていい作品が並べられている。ところ狭しと並べられている銅製品が、お互いに殺しあわず、むしろ相乗作用を果し、ささやきかわしているような、しっくりとした空間を形づくっている。

燭台が多かったが、その一つに目が釘づけになった。直径八センチばかりの花型の燭台。直径四センチほどの蠟燭がすっくと立ち、蠟なんかいくら垂れても平気という安定感がある。蠟燭を抜いてみると心棒は五センチほどの長さ、がっちりとしている。大きな蠟燭を立てる燭台にはなかなかいいものがないのだ。これは絶対買わなければならない。日本円に直して約二千円ぐらい。

戦中派の私はまた、停電世代とも言え、若い頃にはなにかと言えば停電になった。そしてまた空襲時には暗幕をひいて電気を消し、小さな蠟燭の灯の下でごそごそ動いていた。そのせいかどうか、およそ停電などなくなった今も、部屋の一隅に燭台がないと落ちつかない。各部屋に燭台がある。

昔ながらの蠟燭の灯は、ひとを落ちつかせる何かがあるようで、レストランでも夕食時には電気を消し、蠟燭の灯りだけで食べさせる店も多い。

それでなにかと燭台には関心が深かったのだが、デザインはともかく実用の具としては「はなはだ遺憾」という感想を常日頃持っていた。蠟燭がまっすぐ立たない燭台のなんと多いことか。この阿園工房で初めて、実用と良きデザインの合致した心にかなう燭台にめぐりあえたおもいがした。

買物をしてからも、いささか興奮しつつあれこれ眺めていると、店番の娘さんが「お茶でもどうぞ……」と、コの字型に奥まった一隅に誘ってくれた。

「ちょうど今、お坊様《スニム》がお茶を持ってきてくれたから」

と、湯ざまし器も使って本格的に煎茶を出してくれた。見ていると、僧、尼僧の出入りも多い。

「寺院と何か関係があるのですか?」

と聞くと、

「注文を受けて燭台をつくったりもするけれど、特に関係はない」

という。三人づれの奥さんたちが入ってきて、彫金の指輪やペンダントなど見て、お茶を飲んで、しばし談笑して帰ってゆく。

この小さな一隅は、ソウルに来たらちょっと立ち寄って休んでゆきたい泉……といった雰囲気を漂わせているのだった。

私のような一見《いちげん》の客、なじみ客、だべってだけ行く客、雑多な人々をたった一人でさばいているのは盧仁貞《ノインジヨン》という娘さんだった。

立てこんできても取りのぼせたりもせず、物静かで、ひとを包みこむようなやさしさがあり、売らんかなのところが少しもない。

若いのに不思議な女性もいるものだ。さっきから聞きたかったことを尋ねてみる。

「この銅製品はどなたが作っているのですか？」

「私の姉です」

「ええ？　女性？」

なんでもソウルの郊外に工房を持ち、そこで暮している という。この燭台の作者にぜひとも会ってみたくなり、地図を書いてもらって、日を改めて訪ねてみることにした。

ソウルの郊外と言っても、ソウルの東、楊平郡《ヤンピヨン》というところで、車で一時間半ほどかかる。漢江の上流の南漢江沿いの道で、たっぷりの水量の大河は流れているとも見えないゆるやかさ。時に入江のように陸に入りこみ、またほぐれ、河の中ほどにはいくつもの浮州が点在し、芽ぶきはじめの柳がゆれて、ほとんど南画の世界である。

風景に見とれているうちに道に迷い、うろうろ二時間以上もかかって、ようやくめざす느티나무마을《ヌティナムマウル》(けやき村)に辿りついた。けやきの木が多いというわけではなく、目じるしになるけやきの大木が一本あり、正式の地名ではないらしい。けれどけやきの村というのが一番ふさわしいような静かな山村である。

小高い山をあえぎあえぎ登って行くと、中腹を切りひらいた盧《ノ》さんの工房がみえた。

盧《ノ》仁阿《イナ》さんは三十三歳だそうだが、二十代にもみえるうら若く清楚なひとで、勝

手に逞しい中年女性を想像して行ったので、めんくらってしまったのだが、気持よく工房を案内して下さった。

住宅に隣接した工房では、青年の助手二人が銅板をとんとん叩いている。日本ではたしか「打ち出し」という技法だと思うが、こちらでは何と言うかを尋ねてみると、

「두들김《トウドゥルギム》」という答が返ってきた。やたらめったら打ち叩くのが두들기다《トウドゥルギダ》だから、その名詞化である。どうも打ち叩く擬音からきているような気がしてならない。華《きゃ》奢《しゃ》な盧さんが重そうな金槌で、一枚の銅板をやたらめったら打ち叩いて形を作っているのは、ちょっと痛々しいぐらいの眺めである。

ガスバーナーによる溶接もあって、打ち出しと溶接だけで大半のものは作りあげてしまうらしい。朝九時から夜七時までの仕事だそうだが、この工房にはなぜか清新の気が溢れている。

オンドルのほのかに暖かい盧さんの部屋で、いろいろ話を伺った。公州《コンジュ》大学の美術科卒で、はじめは絵を描いていたのだが、金属工芸をやっている先生がいて、そ

れが面白くて、二十五歳の時こちらに転じたという。すると約八年のキャリアである。気がついたら三十三歳になっていた。そしてまだ独身。静かな田舎に工房を持つのが夢だったが、昨年やっとその願いがかなえられたのだと。

公州は百済の故地で、百済の美術工芸が持っていたなんとも言えない優美な線を盧さんの作品にも感じてしまう。それを口にすると彼女は肯定も否定もしなかった。公州は育ったところで、生まれは京畿道《キョンギド》、古いものも見ることは見るが、今作っているのはすべて創作だと言う。

古代からの金工文化の伝統が、盧さんという若い女性によって、新しくまた生まれ変ろうとしているように見えるのは、私が異国人のせいなのだろうか。

なにげなく置かれた木の椅子、壁面に墨で大胆不敵に描かれた絵、みないい感覚だが、それらは友人たちの作品だと聞いて、盧さんのような若者がこの国にまだいっぱい居ることが実感された。

ソウルの仁寺洞の店で、銅製品を買ってくれるのはヨーロッパ人と日本人が多く、アメリカ人はほとんど買わないという話もおもしろかった。大量生産には応じられず、こつこつ作ったものを妹の店に置き、それで暮しは十分成り立つという。

もう夕暮になっていた。ここではさぞかし星もきれいに見えるだろう。さえぎるものとてない空。

百坪あまりの住宅兼工房には、余分の部屋もなく、二人の青年助手はたぶん夜は帰るのだろう。廻りには人家一軒もない山のなか。

「夜なんかさびしくありません？」

と聞くと、

「ちっとも」

という答が返ってきた。「強いんですね」とおもわず呟いてしまった。強そうな犬が三匹よく吠えていたし、それ以上にやかましく二羽の家鴨《あひる》ががなりたてていた。

この家鴨は朝、盧さんの部屋の戸を外から嘴でコンコン叩き「起きろ、起きろ」の猛烈モーニングコールをやるそうである。

心が賑やかで、充実している人は、環境のさびしさなんかたしかに物の数ではないのかもしれない。

これを書いている今、電燈を消して、買ってきた燭台に火を点じてみる。炎をみつめていると、盧姉妹のたたずまいが手の届きそうな近さでよみがえってくる。蠟燭に書かれているハングルは、古い詩か、僧の言葉かわからないけれど、こんなふうに読める。

青山は私を見て無言で　生きろという
蒼空は私を見てさりげなく　生きろという
むさぼる心を捨て　怒りからも解脱して
水のように　風のように　生きてゆけと

全州《チョンジュ》

ソウルからバスで三時間。
全羅北道の全州《チョンジュ》は、ピビンバプ（まぜごはん）がおいしいことで有名である。日本人はビビンバアなどとだらしない発音をするが、日本で食べるそれは具も乏しく、あれがピビンバプと言われちゃ困ると思うほど全州のそれは豪華美味である。

全州は食べもののおいしいところとして知られているが、その理由は昔から湖南《ホナム》地方と呼ばれる穀倉地帯で、食べものにけちけちしなかったからだろうと言われる。湖もないのになぜ湖南か？ という私の質問に、ある韓国人があまり自信はなさそうに答えてくれた。

「たぶん、田に水が張られる頃、月光にきらきら輝くたんぼが湖のように見えたんでしょう」

全州のピビンバプは御飯の上にたっぷりの肉と、もやし、にら、ぜんまいなど二十種類のナムル（野菜の和えもの）、卵などが載っていて、それに唐がらし味噌を加え、豪快にかきまぜ、スプーンで押しつぶすようにして食べる。

日本人の食べかたは、ちらしずしを食べるときのように具はそのままに端からきれいにかたづけてゆくが、そんな食べかたじゃピビンバプにならないと言われる。

こちらの人はライスカレーを食べるときもぐちゃぐちゃにかきまぜて食べる。よほどこね合せるのが好きらしい。

全州のピビンバㇷ゚のもう一つの特徴は、うっかり触れたらやけどしそうな熱い石鉢に入って出てくることである。いったん熱したらなかなか冷めにくい石の性質をたくみに利用していて、最後までなんとも言えないあたたかさで食べ終る。しかも底にはかすかなおこげまで出来ていておいしい。

調理場を見せてもらったが、強力な焔がふきあがるガスレンジの上に、十以上の石鉢が並んでいるさまは壮観であった。

石の文化と言っていいほど、石仏、石塔、石燈、石塀などの目立つ国だが、昔から石の性質を熟知し我がものとしてきた人々であったわけだ。居間や応接間に石のコレクションを飾った家も何軒か見たし、石への憧憬にはなみなみならぬものを感じる。

話は飛ぶが、飛鳥に酒船石と呼ばれる巨石があり、これが何に使われたのか未だに定説がなく謎とされている。酒つくりにでも使われたのだろうということで酒船石と名づけられている。いつか半島の南、楽安《ナガン》という小さな村を訪れたときアッ！

と思ったことがある。

川の流れの段差のあるところに、この酒船石にそっくりな幾何学模様の巨石が斜めに立てかけられ、その上をそうそうと川水が流れている。女が一人そこで洗濯をしていた。石鹸のなかった時代、石に彫られた幾つかの溝はまたとない洗濯板の役目を果したのではなかったか? 洗濯機の登場した今でさえ、彼女は伝統的洗濯法に従っていた。

飛鳥に石の文化をもたらした渡来系の人々が、長い歳月のあいだに奈良や京都へと去り、打ちすてられた洗濯板はやがて皆から忘れられていった。でもなぜあんな丘の上に? 当時はあそこに渓流があったのだ……そんな空想をかきたてられたことがある。ほかにも何に使ったのかわからない石造物が沢山あり、飛鳥原住民にとって石の文化はやはり異文化めくものだったのかもしれない。でなければ記憶がこんなふうに欠落してゆく筈がないではないか。

石鉢のなかのピビンバプをこねまぜていたら、暮しのなかで今も息づいている石の文化をひしひしと感じ、私たちのついに知らなかった、石の食器の生まれるところを見たくなってしまった。

人口四十万人の全州市は、全羅北道の物産集散地でもあり、街にはいくつかの工芸店がある。石鉢、石鍋の並べられた新光工芸社という店に入って、これらの石器はどこで作られているかを尋ねた。

全州市から六十キロも離れた長水郡《チャンスグン》で採れる石だという。採石場を見ても仕方がない。石を加工しているところは？　と更に尋ねるとようやく返事が返ってきた。全州の街はずれに工場があるが、探し出せないだろうから私が車に乗せていってあげると、朴《バク》社長みずから運転してくれた。

三十分も走った全州の街はずれに「現代事業社」という大きな工場があった。

敷地いっぱい岩石の山である。

この石は곱돌《コプトル》と言う。辞書を引くと滑石・蠟石と出てくる。石としては柔かいほうなのだろう。許《ホ》社長の話では、李朝時代から始まったということだが、すでに新羅時代、慶州石窟庵《キヨンジユソクラム》の如来坐像に見られるように石を削ることにかけては天才的手腕を持っていた人々だから、石板の上で肉を焼くぐらいのことは紀元前から知って

いたんじゃないだろうか？　という思いがチラと頭を掠める。

昔は手彫りで、こつこつ彫り抜いてゆき、主に李朝の王室に納められ、また中国への大事な献上品としても使われたという。

高熱に耐え、使っているうちに鉄かと思うほど強くなり、漢方薬を煎じるにもよく、탕《タン》（汁もの）など骨まで柔かになり、ロース焼きも絶品。大事に扱えば百年くらいの寿命を保つ。使用年数が長いこと、石から出る成分がからだにいいことから、昔はこの石の採れるところを長寿郡《チャンスグン》と言ったが、音は同じでも今は長水郡《チャンスグン》と変った。この石からどんな成分が抽出されるのか、それはよくわからなかったが、ソウル大学で分析してもらって証明済みと許社長は胸を張った。

社長の話はいいことずくめだったが、その客観性はともかくとしても、大昔から人間が使ってきた自然のものは危なげがない。それは皆が本能的に知っていることである。

工場のなかを見せてもらった。

石切り場は、もうもうと石の細粉が霞をなして、いくら良い成分が入っている石とはいっても思わず鼻を掩《おお》わずにはいられなかった。働いている人たちはマスクをしたり、していなかったり。石切り、型抜き、今はすべて機械化されているが、形は古型を保っている。

蓋つきの솥《ソッ》（釜）は、日本のそれに比べると押しつぶしたような平べったい形で、釜に限らず容器の形が日本の造型とは微妙に異なり、それがまたえもいわれぬ風合いを感じさせてくれる。この石釜で炊いた御飯の味を知っている人は、もはや他の釜で炊いた御飯は食べられないくらいおいしいそうである。

된장《テンジャン》찌개《チゲ》（味噌鍋）の一人前用の石器やら、焙烙《ほうろく》やら、倉庫にはこのふっくらと美しい石の製品が山積みである。角度を変えてみれば、石鉢や石鍋など、花器にもふさわしいだろう。水を張って、摘花した余分の花を浮かべてもぴったりきそうである。

馬上盃というべきかワイングラスと言うべきか、石で出来た盃もあり、これで呑むお酒はさぞ冷え冷えとおいしいだろうと思う。完成品を運んできたおじいさんに年を聞くと六十六歳と答えた。

「健康に注意なさって、元気に働いて下さい」

韓国語で最大級の敬語で言ったのだが、こちらの言葉が通じたのか通じなかったのか、悠然たるほほえみだけが返ってきた。

これらの製品は主に、香港、台北に輸出して喜ばれているという。中国系の人々が一番その良さを認識しているのかもしれない。

許社長が自信満々見せてくれたのが、底は石、まわりはアルミニウムという合成の鍋で、耐熱ガラスの蓋がついている。石の良さを残し、かつ軽いものをという意欲のあらわれとも見える。

石鍋や焙烙など一つ買って帰りたいと思うものの道中のことを考えると、石の重さについ二の足をふんでしまう。そういう石の弱点を克服したいのだろう。ただ私の好みから言えば、いくら持ちおもりがしても昔ながらの部厚い石だけの製品のほうに心惹かれる。

もう一つ目を引いたのは、子供や若者の野外でのバーベキュー用に作られた丸型の石板だった。それにはラケットをくるむような布製の袋までついていて、ペアになっている。遠足やキャンプの時ぶらさげていって楽しむのだろう。石工文化もまた、新たに現代に生きる道を模索しているのだった。

これらの製品は、全州まで来なければ買えないのかと尋ねてみると、ソウルの東大門市場、南大門市場にも卸しているという。

帰りがてら、もう一度工場を振りかえってみる。荒涼たる岩石の山。

この石の中から、あのまろやかで、あたたかみのある形を採り出してきた発想、ずっと受けついできた手仕事、遠く遥かな人々のことを、憶《おも》わないわけにはいかなかった。

南原《ナモン》

南原市へ向う。

全州市から一時間弱。道ぞいに柳の並木が連なり、さっさっと風に吹かれているさまは隣国ならではの風景である。都市に緑や街路樹が少なく、地方に行けば行くほど街道ぞいに、ポプラ、柳、すずかけの並木が美しくなってくる。

ちょうど、れんぎょう（ケナリ）が真盛りで、ゆで卵の黄味を裏漉しして惜しげもなくふりかけたような鮮かさ。遠くから見ると、土が供してくれる年に一度のミモザサラダのようにも見える。

低い峠を越えるとき、春香峠という看板が目に入った。南原は「春香伝」の舞台となったところである。春香伝《しゅんこうでん》と読みたいところだが、春香伝《チュニャンジョン》と読まなければならない。

パンソリという語りものになり、オペラになり、舞台になり、映画になり、物語はこれ一つか？　と思われるほど、人々に愛されている話である。身分違いの恋の成就、春香の貞操観念の強さ、この二つが物語のポイントのようだ。

버선밭《ポソンバッ》（足袋畠）というところもあり、ソウルへ発つ恋人を泣く泣く見送った春香が、別離の哀しさきわまって、足袋を脱いで抛り投げ、それはたちまち足袋の形をした、小さな畠になったというのである。

この国では、女が素足を見せることは慎しみのないこととされ、現在でも夏、ソックスを穿いている女性が多く、躾《しつけ》のきびしい家では、兄の前でさえ素足を見せることはないという。儒教から来たものかもしれないが、また特別、足にエロティシズムを感じるのかもしれず、そういう美意識は中国とも共通のような気がする。「素足に下駄」に粋《いき》を感じてきた私たちとはずいぶん違う。

　春香が足袋を脱いで投げたのは、相許した仲という表明だったのだろう。もともと語り伝えられた原話があったのかもしれず、長い間かかって民衆が更に作りあげていった説話なのかもしれない。ただ春香があまりにも理想の女性として神聖視されているのを見ると、かえって逆に、いかに貞節を保ちがたいお国柄だったか？とも思われてくる。

　南原は春香で持っているような街だった。れんぎょうやつつじの咲きこぼれる頃、春香峠を越えるのはわるくなかった。けれど南原を訪れたのは、春香の跡を辿るためではなかった。

　南原のもう一つの特産——木工品を見たかったのである。

　街はずれの大林工芸《テエリムコンエ》社《サ》を訪ねてみる。数年前訪れた時には、ここで膳、盆、木盤などさまざまなものを作っていたのだが、今は手狭になって大半は新工場の方に移ったという。

ここでは主に祭器《チエギ》を作っていた。高坏《たかつき》に似た形。祖先の法要に菓子や果物をこんもりと盛って捧げる供物用である。

木を挽き、面取りをし、ろくろで形づくってゆく行程は、どこの国の木地師とも共通のようだったが、韓国には韓国独特の方法があるのかもしれない。本職の人が見れば一目でわかるだろうが、素人目には同じように見える。うず高く積まれた祭器の山は、需要の多さをしのばせてくれたが、この祭器にもおのずから上等品、下等品があって、どんな祭器を使って法要するかがその家の格づけにもなるらしい。

ここの祭器は、栗の木、ヤシャを使っている。ヤシャは、かつて日本人がつけた名だと言うから、たぶんヤシャブシ（夜叉五倍子）というカバノキ科の木ではないだろうか。

膳を作っているという新工場のほうも見学したくなって、また車で四十分ばかり、山々の方角へ向う。

そこはちょうど全羅北道《チョルラプクト》・全羅南道《チョルラナムド》の、道境に近い引月《インウォル》という村だった。めざす工場は「大林工芸智異山《チリサン》工場」と書かれている。

ああ、智異山のふもとであったか！　はるばると来たものだ。智異山は国立公園で、深い山岳地帯であり、その北麓に辿りついたわけである。ここまで来て、ようやくわかった。「木工は南原」と皆が言うわけが。

木を伐り出し、乾かし、細工するのにもっとも近い町が南原だったわけである。

たとえば外国人が、

「飛騨や信州は、なぜ木工が盛んなのですか？」

と質問してきたら、

「山々が深く、木が多かったからでしょう」

と答えるしかない。まったく自然で、変哲もない理由なわけで、

「なぜ南原で木工が発達したのですか？」

という質問を私はぐっと飲みこんだ。

智異山工場は、昨年新しく出来たのだそうで、膳や盆の需要もまた大きいのだろ

う。

明るい工場は流れ作業になっていて、膳を組み立てる者、トノコ（砥粉）を塗る者、五回の漆塗り、乾燥室、水とサンドペーパーによる磨き、すべて分業でL字型の工場を順序よく流れている。

木はアカマツやハリギリ、横桟にはクヌギなどドングリの木も使う。一番上等な膳は銀杏の木で作ると聞いたことがあるが、은행《ウネン》（銀杏）の名は出てこなかった。

膳は一人用から、二人用、四人用、六人用、八人用と偶数で増えてゆき、形も十五種類ぐらいあり、ほとんど古型を保っている。

韓国の一般家庭でも、座卓や椅子テーブルで食事することが多くなったように見えるのだが、まだまだ膳の活躍する舞台はあると見える。日本でも私の子供の頃までは、祖母の家など皆がそれぞれ自分用の膳で食べていたものだが、今ではもう、温泉宿での宴会の時ぐらいしかお目にかかれなくなってしまった。

漆は栗いろ一色だが、옻칠《オッチル》（本漆）は高価になるので使っておらず、もっぱらカシュー系塗料である。日本に漆を買いつけに来た韓国人を案内した友人の話を聞い

たことがあるが、輸入品であれば高くつくことになるだろう。もともと漆の木が少ないのかもしれない。

日本の漆器工芸の水準は高く、日本産の漆の質もいいのだが、全体の一パーセントぐらいしか使えず、大半は中国、台湾、タイなどからの輸入に頼っているらしい。

本漆の品格に比べると、カシュー系塗料は劣るけれど、黒や朱ではなく栗いろであることで、その感触はやや救われている。熱に強いということもあるだろうし、ふだん使いの膳としては、それなりの利点もあるだろう。

賄いのおばさんが、

「식《シク》사《サ》예《エ》요《ヨ》！　식사《シクサー》！（食事よ！　食事！）」

と大声で呼ばわると、二十人くらいの職人が、三々五々集ってくる。ちょうどお昼どきになっていた。チラと食堂を見ると、大きなテーブルに椅子だった。膳を作りながら、膳では食べていないところがおかしかった。

事務室で、インスタントコーヒーを御馳走になりながら、また少し話を聞いていると、寡黙で実直そうな工場長がポツンと言った。

「昔はみんな山の中で仕事をしたものです」

昔とはいつ頃のことだろうか、工場長の祖父の時代だろうか、もっと前のことだろうか。

山のなかに小屋がけをして、山の霊気のなかで黙々と仕事をした人々の姿が、ふっと眼前をよぎる。

柳宗悦の先導をなしたと言われる、林業技師の浅川巧は、民家でふだん使っている膳の美しさに目を奪われ、『朝鮮の膳』(一九二九年)というすぐれた研究を残している。

浅川巧が魅せられた頃の膳は、山のなかでの仕事だったのだろうか、そして本漆が塗られていたのだろうか、その頃すでに彼は、漆田の育成を提案しているのだが。

工場長がまたポツンと言った。

「うちの商標はむくげ(ムグンファ)です」

机の上に置かれた八角形の木盤をそっとひっくりかえしてみると、なるほど底に、小さなムグンファが一輪、化学うるしの下で、ぼうと咲いていた。

*

山本安英の花

桃李言わざれども下おのずから蹊《みち》を成す

という中国の古い言葉があるけれど、ことごとしく自己宣伝をしなくても、桃や李は馥郁《ふくいく》と咲くことによって人々を惹きつけ、その下には自然に道ができてしまう、という意味なのだろう。子供の頃の習字の手本にこれがあり、何度となく書かされたので、いまだに覚えている。この美しいたとえにぴったりの人を今の日本で探すなら、山本安英さんの奥ゆかしさが一番ふさわしいと、いつも憶う。

今年（一九七五年）、朝日文化賞を受賞されたが、賞を受けようと受けまいと山本さんの値打にいささかの変りもなければど、この喧噪の世の中で見るべきものを、ちゃんと見ていた人もあるということがわかったのは、大層うれしいことだった。半世紀を超えるひとすじのお仕事のなかで、山本さんのまわりにはどの時代にも自然にいくつもの沢山の道が出来、あるものは途絶え、あるものは今に通いあい、お人柄にしろ舞台にしろ、その香気に触れえたことを大切に思っている人々は実に多い。

戦後の昭和二十二年頃、当時戯曲を書こうとしていた私は、不思議な御縁で山本さんにめぐりあうことができた。この出会いは私の人生において決定的なものだったと今にして思う。はたちちょっとすぎの小娘だったのだけれど、そして山本さんの過去の業績もおぼろげにしか知らなかったのだけれど、殆んど直観的に、そこにすばらしい女性を発見したのだった。敗戦直後のこととて、頭は千々に乱れ、何が価値あるものなのかわからなくなり、そして大人全体を軽蔑しきっていた――と言うと今の若者とそっくりということになる。そういう生意気ざかりにめぐりあったのだが、山本さんのお話を伺えば、人生に対するすぐれた指針を与えられそうな予感がしきりにし、それから三年ばかり実にひんぴんと山本家を訪れることになったのだが、当初の予感はまったく適中した。

教訓的にではなく、さりげなくまったく御自身のこととして話されるもののなかに、汲めども尽きない叡智があって、それらは肉親からも学校の教師からも遂に与えられることなくきた何か重要なものなのだった。当時山本さんは長野県諏訪の疎開さきから上京されたばかりで、戦争で家を失い、中野駅近くの茶統制組合の二階に間借りされており、それから高円寺、柿の木坂、板橋など転々と間借り生活を六回もされ、なにもかも御不自由がちの生活にみえた。

九年にわたったという胸部疾患が、まだしっかりとは恢復されていない頃で、床についておられることも多く、

「あ、今日は失礼いたします」

と帰ろうとすると、

「いいえ、いいんですよ、さあ、どうぞ」

とひっそりと床の上に起きあがり羽織の袖に手を通されたりする。そんな何気ないしぐさにも女優さんならではの優雅さが匂い、ほれぼれとしながら、枕もとでむ

さぼるようにお話を伺った。電話もなかったから御都合を伺うこともせず毎度ズコンと現れてしまい、今にして思えばその無鉄砲さに冷汗が出る。さぞ御迷惑な場合も多かったろうに、少しも厭な顔はなさらず、やさしく真剣に応対して下さり、人に紹介するときは、

「私のお友達です」

と言われた。

或るとき、

「人間はいつまでも初々しさが大切なんですねえ、人に対しても世の中に対しても。初々しさがなくなると俳優としても駄目になります。それは隠そうとしたって隠しおおせるものではなくて、そうして堕ちていった人を何人もみました」

と言われた。活字にしてしまえばなんでもなくなるかもしれないが山本さんの唇を通して出た言葉は私に、大変な衝撃を与えた。その頃私は早く大人ぶりたくて、大人になるということは、すれっからしになることだと思い込んでいた浅はかさで、それは言動にもちらちらしていたに違いない。山本さんは私の背のびを見すかし、

惜しんでふっと洩らして下さったに違いない。頓悟一番というと大げさだが、その時深く悟るところがあった。

他人に対するはにかみや怖れ、みっともなく赤くなる、ぎくしゃく、失語症、傷つきやすさ、それらを早く克服したいと願っていたのだけれど、それは逆であって、人を人とも思わなくなったりこの世のことすべてに多寡《たか》をくくることのほうが、ずっとこわいことであり、そういう弱点はむしろ一番大切にすべき人間の基本的感受性なのだった。年老いても咲きたての薔薇のように、初々しくみずみずしく外に向って開かれてゆくことのほうが、はるかに難しいに違いない。そのことにはたと気づかされたのである。以来、自分をスマートに見せようというヤキモキが霧散した。十数年を経て、この経験を「汲む」という詩に書いた。

――Y・Yに――という副題をつけたが、Y・Yとは誰ですか？　と尋ねられても今まであまり話したことはないが、山本安英さんの頭文字なのである。「汲む」という詩は、今の若い人にもすっと入ってゆくようで、この詩に触れた高校生からの手紙を貰ったりすると、時代は変っても青春時代の感覚には幾つかの共通点があるのだなと思う。こんなふうに、他者から他者へとひそやかに、しかし或る確かさをもって引きつがれてゆくものがある。こういう道すじは、なんと名づけたらいいものなのだろう。

その頃、山本家にはいつも二人のお母様がいらして、一人は実母の小柳トメさん、一人は養母の山本サダさんであった。お二人は姉妹であったが、実母の小柳トメさんは、この世のやさしさばかりを集めたような、えも言われぬいい人相をしておられ、養母の山本サダさんは江戸の女を思わせる、一寸おきゃんな張りのあるおもしろい方で、お二人とも私は大好きになってしまった。お二人はいつも寄り添うようにして、暮しのこまごまとした煩いを一手に引き受けていらした。いつ伺っても狭い部屋はきれいにかたづいていた。

どの家であったか、やはり間借りの不自由さのなか、庭の手押しポンプで、真冬、白菜を洗っていらした寒そうだったお母様たちのお姿が、まるで昨日のことのように目に浮ぶ。

山本さんの書かれたものを読むと、子供の頃から赤貧洗うがごとしで、女手一つで四人の子供を育てたのが実母の小柳トメさんで、それを見るに見かねて養女として引き取り、女学校に通わせ、やがて医師の夫の猛反対を説得し、十一歳ごろからの女優志願の初志を助けてくれたのが養母の山本サダさんである。女優志願は芸ごとが大好きだったということの外に、女優になってお金を儲けて母や一家を楽にさせてあげたいという動機も含まれていたのに、皮肉にも儲けるどころか持ち出しにつぐ持ち出しのような新劇史の、その第一歩から歩むことになったのである。

初舞台は一九二一（大正十）年だが、昭和初期から敗戦まで、次第に色を濃くしてきた思想弾圧、逮捕、商業主義の誘惑、劇団の分裂、解散へ――と、もみくちゃに追いこまれながら、栄養失調すれすれのところを、共に生き抜きながら、二人のお母様は、

「おまえ、どんなに貧しくとも、いやなことはおしでないよ」

折にふれて言われたという。どんな意味ででも妥協するなということだったろうが一見、素朴なこの言葉がどれほど山本さんを支えたかしれないと思う。やるべき

こと、やりたくないこと、その判別のできる娘だという信頼がなければ出てこない言葉だし、またこの母たちの言に正当に応えていった山本さんも、なんと見事な娘であったろう。

実母の小柳トメさんが八十九歳の長命を得て亡くなる寸前、「皆さんの間から、いつのまにかそっと消えてなくなりたい。ただ、もし、お通夜の晩に来て下さる方があったら、おなかだけは一杯にさしあげておくれよ」と言って逝かれたという。時代が変って、なにがなんでも痩せねばならぬと腐心しているような今の世では、ユーモアさえ感じる人があるかもしれない。けれど私は、この中に小柳トメさんの長い長い辛酸の暮しが圧縮されているのを感じ、そして人々への思いやりという特質も最後まで失われてはいず、この短い一言は、はからずもその生涯を象徴してしまっているようで、思い出すたびに胸が痛くなってくる。

私が伺った頃は六十代か七十代の筈であったが、つぶさに貧乏をなめつくしたという陰は微塵もみられず、お二人とも代々続いた裕福な家の刀自といった趣があり、その頃も不思議に思ったが、私も二十数年の主婦稼業を経るうち、いよいよ不思議の感が深まってゆく。お金がなければいらいらとし、心も暗く萎えしぼむ。なぜあの方たちはあんなふうに清冽に、心の世界に金銭を一切入り込ませないという至難のことを、らくらくと果されていたのであろうかと。これは山本さんの芸術にもそのままあてはまるのだが。

親孝行の山本さんのことである。もしお二人のお母様から「なんとかもう少し考えておくれ」という言葉がちらとでも出たら、自分なんかどうなってもと崩れることを辞さなかったかもしれない、そうすれば「夕鶴」のつうを今日、私たちは、あのように醇乎たるものとして得られたか、どうか。

何度観ても、「夕鶴」の終幕に至ると、涙、滂沱のありさまとなって、客席が明るくなるとはなはだ困ってしまう。呆然と立つ与ひょうと共につうの行方を追いもとめながら、手に重い千羽織――これは布にして、布のみにあらず、山本さんの「生きるとは何か?」「人間の仕事とは何か?」という半世紀に亘る、問いと答が、観客一人一人に、ずしりと手渡されたような感慨を私はいつも持つ。

未来社から刊行された『山本安英舞台写真集』は写真篇と資料篇とから成り、すばらしい編集だが、この頁を繰っていると、目、眩む思いのしてくることがある。新劇史を生き抜いたと同時に、あの小柄でほっそりとしたおからだは、昭和史をも集約して体現しているかのようだ。実際、愛宕山時代のNHKで本邦初のラジオドラマ「炭坑の中」(大正十四年)に参加している若き日の山本さんの姿など発見すると、私などまだ生まれてはいず、そのはるかな道のりに茫となる。

戦時中、新劇女優としても女としても、遂に時流に押し流されることのなかった人としても特筆に値し、触れたいことは多くあるけれど、一番強く打たれていることを一つだけ記すことにする。

長い歳月の間には否応なく愛する方々との死別が続いた。画才があり姉の良き理解者であったのに貧窮のなかで夭折してしまった弟さん、師であり同志でもあった小山内薫氏、土方与志氏の死、たった二年間の結婚生活ののち東大病院の施療室から送らなければならなかった夫君藤田満雄との別れ、親交のあった丸山定夫氏が原爆でやられたのをはじめ、沢山の仲間たちの無残な死、戦後は「夕鶴」の名演出家であった岡倉士朗氏を失い、そして「二人の母と私とは三本足の鼎で、その一つを失ったらお互いにとても立ってはいられない」と書いた母君二人との遂の別れ。

どの一つをとっても感受性の鋭い山本さんにとっては耐えがたい打撃であったに違いない。けれども〈つう〉がよたよたとなりながら、しかし最後のところでは自己を見失うことなく毅然と飛び立ってゆくように、山本さんは打撃によく耐えて結局は常にきりっと飛び立ってきたのだ。舞台写真集を繰ると、どの頁からも可憐で、いじらしくて、けなげで、たよりなげで、勁くもあった、飛翔の姿が透けてみえるのである。それはまっすぐに〈つう〉の演技にも通じている。

世阿弥は、能役者の心得を説いた『花伝書』のなかで「花」ということを言い、五十歳を過ぎて尚、残った花があるならば、それこそが真の花であるという意味のことを言っている。視点を一寸ずらせば舞台人ばかりではなく、ふつうの生活人にも当てはまり、そこがなんともおっかない書であるけれど、山本さんの舞台には、世阿弥言うところの「真の花」がある。若さの持つ移ろいやすい一時期の花ではなく、もっとしかとした花を持ちたい、眺めたいというのは男女を問わず人々の心の底にある憧憬で、それが確かに感知されるからこそ「夕鶴」は上演回数七百回を超え、更に各地で求めつづけられるのだろう（註）。

昨年の秋「新しい稽古場が出来ましたから一度みにいらして」とお誘いを受けて見学させて頂いた。駒込千駄木町の自宅の庭をつぶして建てられた十五坪の稽古場は、簡素だが立派なものだった。天井が高く、「これなら薙刀《なぎなた》をふりまわしても大丈夫」と作った大工さんが言ったとか。戦後ずっと借りることのできていた本郷の東大ＹＭＣＡが取りこわされ、そこでの稽古場を失ってどうしようもなくということだったが、それにしてもである、私は瞠目させられた。今はたった一人のお暮しになられたのに御自分の老後などの念頭になきがごとく、私財を投じ借金もされ、戦後歩みを共にした「ぶどうの会」の解散後、ふたたび自然に山本さんのもとに集まってきた更に若い人々と、共に稽古する場所を、みずから提供されたということに。

その気概と、いつまでもみずみずしい初心とに。ここでも、次の飛翔の準備への、かそけくも新たな音を聴く思いだった。

場といえば一九六七年に発足した山本安英の会主催の「ことばの勉強会」も逸することができない。毎月第三金曜日、神保町角の岩波ビル九階集会室で、夜六時から九時迄、さまざまな角度から日本語の表現術を考えてゆこうとしており、毎回百人前後の熱心な人々が集まり、既に八十回を超えた（註）。山本さんならではの場の提供である。一回こっきりの人もあるし何度も足を運ぶ人もあり、それはまったく自由なのだ。私もときどき聴講させてもらうが、老若男女の別なく外人もちらほら交る開かれた空間と時間のなかで、いつも日本語についての考えるヒントを与えられて帰ってくる。

どんなに講演料を積んでも動かないような、ふだんはとても接しられないような、あまのじゃくで優秀な方々が講師となられ、山本安英の会ならば、と進んで話されるのを聴けるのもたのしい。現在ばかりでなく山本さんに協力を惜しまなかったすぐれた男性たちは過去のどの時代にも居た。桃李の香にひきよせられるように、ほんとうに自然に。それはびっくりするぐらいの量と質である。

悪名高き日本男性でさえ、山本さんには思わず知らず手をさしのべ、共闘し、支援させ続けることになったその源は何なのか？

さまざまな女性運動を押しすすめている人々にとっても、これはぜひとも学びとりたい戦術（？）ではないだろうか。何一つそれらしきことは言われてはいないけれど、その著書『歩いてきた道』『鶴によせる日々』『おりおりのこと』には、読者次第でその秘密を解けるような鍵がひっそりと隠されてある。「採れるものがあったら存分に採って下さいな」とでもいうふうにこれもまた「秘すれば花」の風情なのだった。

（註）「夕鶴」は最終的に千三十七回の上演。

「ことばの勉強会」は二十五年間続き、二百七十九回をもって、山本安英の死と共に終えた。

去りゆくつうに

秋も深まりつつあった一九九三年十月二十日、山本安英さんは静かに逝かれた。その人格も芸風も澄んで透徹したものだったから、この冴えた季節にふっと息をひきとられたのは、いかにも山本さんらしいと、庭のすすきの、風にかすかにゆれるさまを眺めながら、今、しみじみと憶っている。

告別式はなかったが、亡くなられたあと、千駄木のお宅に伺うと、玄関に「お花は頂きますが、香典などは硬く御辞退します」という意味の書が掲げられていた。お棺は高いところに安置され、顔も見られないようになっていて、花々に埋もれていた。そして、花束花籠の名札はすべてはずされて、個人名、企業名もなく、ただ花々だけが香気を放っていた。

これもいかにも山本さんらしく、まわりで永く支えてきた人々が、そのお人柄に添って、こうも望まれたろうかというふうに、きれいに覆ってさしあげたのが感じられた。

帰るみちみち、ゆらめきたつように思い出されたエピソードがある。もう五年くらい前になるだろうか、ある雑誌に歌手の美輪明宏氏が書いていた「にわか仕立てでエレガントになる方法はございません」という一文である。

美輪さんがあるラジオ局に行ったとき、その受付に先客がいた。それが山本安英さんで、

「お忙しいところをお手数かけますが、○○スタジオはどちらでございましょうか」

と尋ねている。受付嬢は木で鼻をくったように、

「ここを行って右」

とつっけんどんに答える。

「どうもお手間をとらせまして」

と返して、右の方へ去った山本さんの姿になんとも言えないエレガンスを感じたという。

ありそうな話で、自分が見たのでもないのに、目撃してしまったような印象を残してくれている。

「はきだめに鶴」という諺がぴったりの一場面ではないか。晩年の山本さんの姿もくっきりと浮びあがる。

受付嬢がどんなに若く綺麗でも、こんな応対しかできないようでは、その本体は、はきだめである。

考えてみると「はきだめに鶴」というのは、期せずして若い頃から持ち続けた山本さんのポジションでもあったのだ。

一瞬にあらわれたそれを、年期の入ったエレガンスと見定め、書きとめておいてくれた美輪明宏氏にも感銘を受けた。

ふだんからこうした佇《たたず》まいの人を得てこそ、「夕鶴」のつうは千三十七回も羽ばたけたのだろう。

亡くなられた時の年齢は、八十六歳とも、九十歳とも書かれ、各新聞ともまちまちであった。身近な人も誰ひとり正確なことはわからないという。どこかでサバをよんでいたわけで、そんなにまでして年齢をひたがくしにされていたかとおもうと、なんだか愛らしくもあり、ふしぎでもある。

昨年（一九九二年）「子午線の祀り」（第五次公演）で、影身の役をふかぶかと演じ切った人が、九十歳近い方であったとは、改めて信じられないようなおもいである。舞台生活は、七十年間にわたるが、新劇女優として、一本筋の通った現役を貫かれた。

完全燃焼の生涯は美しい。

ふつうはたいてい、ぶすぶすと燻りつづけ、無念や諦めで終る不燃焼の人生が多いというのに……。

その見事さに、悼む気持よりもむしろ、祝福したい気持の方が強くなってくる。

思えば、敗戦後まもなくの一九四七年頃（私は二十二歳ぐらいだった）初めて山本

安英さんに出逢った。それからおよそ四十五年間、淡々としたおつきあいながら、とぎれることなく今日にまで至った。

その歳月のなかで、こちらが思わず居住まいを正すようないい話もいっぱい伺ってきて、それらは私の心の奥の奥にしまってある大切な宝石である。

無形ゆえに盗まれる心配もない。

姿は消えてしまっても、その精神とは、これからも幾度となく対座できることだろう。

さいわい名品と呼びたい文章も沢山に残されていて、私はいまだにそのすべてを汲みつくせてはいないのだから。

品格について

木下順二の人と作品——について思いめぐらすとき、まっさきに浮んでくるのは「品格」という言葉である。

人にも作品にも、今どき稀な品格がある。

それは一九四五年の敗戦以降、日本人が失った徳目の最たるもので、負けるというのはこういうことかと、ずっと長い間、情けなく思い続けてきた。書くのは初めてだけれども。

戦前——というのは私の子供の頃なのだがその頃は、農民には農民の、職人には職人の人間的品位というものが、今よりはずっと在ったように思う。これも、ただ在ったような気がするだけなのだろうか。

戦後の混乱を経て、いつのまにやら経済大国ということになって、負けたなんて誰も思わなくなり、傲慢・睥睨《へいげい》の悪癖がまたぞろ悪い遺伝のように、いたるところでたちあらわれてきている。「アメリカやヨーロッパからは、もう学ぶべきものは何ひとつない」といった言辞を聞くと、ぞっとする。まして東洋などは歯牙にもかけない。

金あまり現象と言うが、一人一人はとうてい実感できず、自分だけ損をしているような気分に追いこまれ、労せずして得する方法に乗りおくれまいとじたばたし、なんだかもう日本人の顔つきまでが浅ましくなりゆくばかりである。

個人としても、民族としても、大切な品格を失ったという意識すらないのだから、尚更悪い。

こういう中で、木下順二氏のことを思うとほっとする。木下さんばかりではなく、そういうものを備えた人に会うとほっとする。旅さきや電車の中ですら、たまに会うことがあり、そういう時は「ああ、いまだ地に堕ちず」と安堵したりするのだ。自伝的作品『本郷』を読むと、その生いたちが、熊本の大地主の息子であったことがわかり、相続は放棄されたものの、そういう育ちだから品格のあるのは当然だと言う人もあるかもしれないが、そういう育ちの人はこの世にいっぱい居る筈で、それが即、その人間の品格に結びつくとは限らない。育ちの良さが仇《あだ》になって、人間として崩れっぱなしという人も多いし、逆にひどい環境で育ちながら「すばらしい！」とひそかに讃嘆を惜しまない品位を備えた人もいる。

威儀を正した端正な姿かたち、しぐさ、たたずまい、そういうものを指すのではなく、長い歳月をかけて自分を鍛え、磨き抜いてきた、底光りするような存在感と言ったら、私の言いたい品格にやや近づくだろうか。かなりの年齢に達しなければ現れない何かである。

はじめて木下さんにお会いしたのは、一九四七年ではなかったかと思う。神田共立講堂で朗読会があり、山本安英さんが石川啄木の短歌を読まれた。文化的なものに飢えていた時代で、ぎっしりの人々がつめかけていた。共立講堂のロビーで、山本安英さんが木下順二さんを紹介して下さった。

ハンチングをかぶった痩せて端正な青年が、そこに立っていた。お茶でもと山本さんに誘われて、神保町の角の珈琲店に寄って、三人で話をした。劇作家志望の青年と紹介されたので、

「今、どういうものを書いていらっしゃるのですか？」

と尋ねると、創作に集中している人特有の、ちょっと暗い表情で、

「女のひとが、余分なものを一枚一枚脱いでいって、ついに裸になるといった、つまりそういうテーマです」

と言われた。

「はァ」

と言ったきり、こちらは黙ってしまったが、心のなかでは、

「なんだか凄い話を書いていらっしゃるんですねぇ」

と思った。私は二十二歳ぐらいで、まあ生意気ざかりの頃だった。年譜でみると、

木下さんは三十三歳である。あとで考えると、それが戯曲「山脈」で、戦争末期ひとりの女性が、虚飾を脱ぎ去り、人妻の立場も捨てて、烈しい恋によって自己本来の姿を摑んでゆくというテーマで、たしかに裸になってゆくのだった。

「夕鶴」もまだ活字にはなっていない頃である。

山本安英さんは、「ちょっと失礼して……」と静かにアルマイトのお弁当箱のふたを取り、夕食をとられた。お醬油をつけた海苔とおかかが交互に段になった質素なお弁当だったが、当時お米を食べるということだけでも、もう大変な御馳走の時代だった。

外食もままならず、どこへ行くにも食糧持参で、劇場の幕間でも席についたまま皆がいっせいに弁当箱のふたをとるガチャガチャという盛大な音が忘れられない。ごはんが入っていればまだしも、たいていはあやしげな代用食のだんごや、パンめくものだった。暖房もなかったから、皆襤褸《ぼろ》に近いオーバーを着たままの、がたがたふるえながらの観劇だった。

なにもかもが欠乏し、風景は荒れはてた瓦礫の山で、住むところもなく、防空壕で暮しているひとびとも多かったが、しかし、「さあ、何もかもこれから！」という熱気がすべてにわたって漲《みなぎ》っていた時代で、まるでその頃の象徴のように、時折なつかしく、あの珈琲店と、おかか弁当と、熱っぽい演劇談を思い出す。

昨年（一九八九年）七月、神田の如水会館で、「山本安英さんと木下順二さんのお仕事を祝う会」がひらかれた。

これは〈山本安英の会〉創立二十五周年と、

『木下順二集』全十六巻（岩波書店）

『シェイクスピア』全八巻（講談社）

の完結を祝う会だった。

神田の共立講堂と如水会館は近いところに位置し、私はなんだかタイムトンネルを往来するような不思議な気分を味わった。

あれから四十数年の歳月が流れたのだ。

立食パーティで、御馳走はいっぱいあり、参会者は華やかで、今昔の感に堪えなかったが、お二人は四十年前とさして変らぬ人間的初々しさで立っていらした。

会は、その主賓の人格がよく反映されるものと言われるが、その日感心したのは、スピーチに立った人の話を皆が実に静かに聴いたことだった。ふつうこういう会は、がやがやと私語に満ち、ろくにスピーチなど聴いていないことが多い。このマナーの良さが印象に残った。そして皆の好意が、さざなみのようにやわらかくお二人に向って寄せているのが感じられた。

この四十数年間に果された木下順二氏のお仕事の質と量を、今さらながらに想い、呆然ともなった。

あゝ
おまへはなにをして来たのだと……
吹き来る風が私に言ふ

中原中也の詩の一節が、ふっと通り抜けていった。

お人柄もさることながら、作品もまた常に格調が高い。戯曲、散文すべてを含めて。エッセイひとつを見てもそうである。そこには下卑たもの、狎れ狎れしいもの、媚びたもの一切がない。木下さんが傾倒しているシェイクスピアの猥雑さもない。

そこを物足りないとおもう人もいるだろう。けれどそんなものは現在、くさるほど溢れかえっているのだから、むしろその稀な清澄さを高く評価したいと私など思うのである。

＊

女性の描きかたにも一種独特のものがある。ふつう女を描くと言えば、どろどろと得体が知れず、残酷、裏切り、計算高さ、自己中心、破廉恥、ばけもの——そういう面をつぶさに描ければ「女が書けている。傑作だ」となるらしいのだが、そういう通念はもはや古風にすぎる。

木下順二の戯曲のヒロインたちは、聖性、純粋、率直性においてきわだっている。かわいらしさ、けなげさ、男性も顔負けの歴史透視力、女の言葉の独立性、夢とうつつをゆききする神秘性、愛の豊かさなどなど。

考えてみると、これらもまた現代、喪失しかかっている大事なものに思われてならない。

「夕鶴」の　つう

「山脈」の　とし子

「風浪」の　誠《せい》

「二十二夜待ち」「おんにょろ盛衰記」の　ばさま

「沖縄」の　波平秀

「陽気な地獄破り」の　手づま師

「花若」の　末娘

「夏・南方のローマンス」の　女漫才師トボ助

「子午線の祀り」の　影身

それぞれタイプは異なりながら、いずれもどこか透きとおるような女性たちである。

トボ助を除きあとは全部、山本安英さんが演じてきたものなので、山本さんの俳優の質とも切っても切れない関係にあるのだが、こういうふうに描いてくれたということは、女にとってなんと有難い劇作家ではないか。

観おえてのちの後味の良さ、カタルシス、戯曲としての品格の高さも、そのことと無縁ではないような気がする。

すべてにおいて品格があるということは、反面、「偉すぎて、立派すぎて、とっつきにくい」という感想になり、何人かの人にそれを聞いた。これも思うのだが、とっつきやすけりゃいいってもんでもないでしょうと。

この『歴史について』というエッセイ集でも、〈ユーモア〉〈洒脱〉〈人間味〉は十分にたのしめて、いつまでたっても世俗にまみれない書生っぽのようなおかしさもあるのだ。

いつか御自宅に伺った折、応接間の壁面いっぱいに作られた本棚をさして、

「これ、みんな馬の本。来たひとを羨ましがらせてやろうと思って」

と言われた。同じことを聞かされた人はさぞかし多いだろう。『ぜんぶ馬の話』という本もあり、乗馬はなさるし、馬万般に関する権威だが、しかし、この世には馬になんの関心も持たない人も多いのである。そんなことは考えてもみないというところが愉快である。

困ってしまうぐらいの人間味に、もう一つ「言葉とがめ」がある。

「鼻濁音がなってない」「アクセントが違う」「終戦記念日ではなくて、敗戦記念日でしょう」「西暦で言うべきである」などとガツンとやられた人は多い筈である。私もずいぶんやられた。あまのじゃくが頭をもたげ、「キリストが生まれた年を元年にした西暦というものも、かなりあやふやなものでしょう?」とか、

「鼻濁音のなってないのも、その人の個性とも言えるし……」

心のなかで呟やくときもあるのだが、あえて声にしないのは、滝のごとき反撃に会いそうだからでもある。いつかお寿司屋で、若い板さんに、アクセントの間違いについて物言いをつけた時には、申し訳なくてこちらが小さくなってしまった。その果敢さといったら。

テレビのニュースを観ていて、アナウンサーのアクセントの違いに腹が立ち、憤然と席を立つということもしばしばらしい。こちらはラジオで、国立市《こくりつし》の〇〇さんというのを聞いて、「そんな市があったっけ？　ああ、国立市《くにたちし》の間違いだ」とわかって、思わず笑ってしまうほうである。私自身そういう間違いをよくするほうだから。

木下さんのように、びんびん言葉に反応しては、さぞかしお疲れだろうと思っていたら、はたして「ことばづかれ」というエッセイがあった。言葉に関して何も感じないで生きてゆける人は「気楽でようござんすネ」と言っている。

私も人並み以上には言葉に関心があるほうだが、木下さんの分類によれば「気楽」のほうに入ってしまうだろう。

けれど、大きな影響も受けている。平成という元号は使うまいと思っているし、この原稿も西暦にしている。終戦という言葉も使わない。われながらおかしいと思うのは、ウェストという言葉を聞くと、木下さんのお顔と声音がかならずチラッとよぎることである。

ウェストは西で、西の寸法を計ってどうなる？　という論。正しくはウェイストだが、現在「ウェイストが七十五センチになっちゃった！　どうしよう」などと叫んだら、けげんな顔をされるに決っている。日本の女性は永遠に西の寸法を計りつづけるのか？

この論に触発されて考えてみると、寸法を計るとき、バスト、ウェスト、ヒップあたりは外来語で、背丈、裄《ゆき》なんかはそのままだ。なぜ胸廻り、胴廻り、尻廻りではいけなかったのか。ウェストは一例にすぎず、外来語の使われかたの無定見ぶりが、いろいろと焙り出されてくる。

ときどき思うのだが、木下順二は日本語のお目付役である。いえ、大目付かしら。どんな時代にも、どんな国にも、そういう役目を果すひとたちはいた。今もいる。それも進んでなったのではなく、言語のほうが狙いを定めて、選んでしまったというおもむきがある。

言語はみずから崩れ、乱れに乱れて、しどけなく流れてゆきながら、一方で厳しい監視者を求めるマゾヒズムの性格を併せ持っているようなのだ。この悪女にラブコールを送られ、とっつかまった者はしんどい筈である。

「ことばづかれ」も、むべなるかな。

これも日本語の品位ということに収斂《しゅうれん》されてゆくことである。

だいぶ以前に、或る若い劇作家が「木下さんは兄貴のようなものですから」と言ったことがあった。それは「しっかりした先輩がいるから、ぼくらは安心してあばれまくれる」というふうに聞えた。

これを書くについて、全集のあちらこちらをひっくりかえしながら、改めてその豊饒さ、鋭さ、誠実さ、に打たれてしまった。

若い時からずいぶん読んできたつもりだが、もう一度丹念に読み通してみなければならない作家である。

演劇関係者ばかりではなく、今や日本人のすぐれた長兄として、前を歩いていてくれる大切な人である。

花一輪といえども

木下順二氏のお母様がなくなられたと、或る人から伺ったのは、一九七二年の春で、お命日から一か月も経ってからだった（ほんとうは御母堂と書くべきところ、あまりに硬いから、やはりお母様にさせて頂く）。

お母様は直接存じあげないが、以前、「週刊朝日」のグラビア頁に「母を語る」というコーナーがあり、お二人の写真が載っていたことがある。その時の木下さんの文章によれば、英語も良くされ、明治時代の文豪とも交流のあった方だそうで、そんなことも伺わせるに足るお姿だったが、小柄で上品なその笑顔は「おんにょろ盛衰記」の老婆、「二十二夜待ち」の藤六の婆さまなどを聯想させる愛らしさだった。

山本安英さんの造型した、これらの主人公は、何ものにもとらわれず飄逸で「家へ連れかえって大事大事にしたいようなおばあさん」と当時評されたが、童女型のかわいいおばあさんを創りだした木下さんに、現実のお母様からの投影は非常に大きかったのだと、その時、初めて気がついた。

なぜか、世のしきたり通りのとむらいかたはなさるまいという気が漠然として、香奠もひかえ、弔文だけをお送りしたのだが、折返し黒枠の葉書が封筒に入って届いた。往復葉書状の見ひらきに印刷された挨拶は、一読、一陣の涼風ふきわたる思いにさせられた。

「母　三愛（みえ）子、一九七二年三月十一日、十八日間ほどの臥床ののち、満九十三歳に一カ月を余して安らかに昇天いたしましたので、ひとことお知らせ申しあげます。病名は脳栓塞ですが、実際には何の苦痛も伴わぬ、老衰による平穏な終焉でありました。

亡母と私とは、お互いそれぞれ、死後の儀式はすべてやめようと、何度も（第三者の前でも）話しあって約束しておりました。それはプロテスタントの母親が無宗教の息子に説得されたなどというには、その都度あまりに自然な合意であり、合意というより、各自それぞれの発想をもとにした一致だったと思います。

その発想の中身をここに長々しくしるすことはさし控えますが（いずれどこかに書くつもりですが）右の事情に従って今回もこのお知らせをお届けするのみにとどめ、通夜、葬儀、告別式など一切おこないません。この手紙御落掌のおり、お受けとり下さった方々おひとりびとりの自然なお気持に添うて、一度だけしばらく故人のことを思って頂ければ、それが故人の最も喜ぶところ、以て霊まったく安まるというのが、私どもの本心であります。

そのような次第ですので、御香料そのほかも勝手ながら花一輪といえども御辞退申しあげます。一輪のお志を受けてしまうことは、大輪の花環を御辞退する理由をなくさせてしまいます事情、どうか御諒察下さいますよう。

このお知らせに対する御返事、御弔詞などもまた一切必ず御無用とお考え下さりたく、重ねてお願い申しあげます」

達意の文章もさることながら、母を送る息子としての、この世の俗悪無残を一切受けつけまいとする気概に打たれたのである。花一輪たりとも辞すためには、ふつうの葬儀を営むより何層倍かのエネルギーを要したことだろう。

以下はまったく私個人の感想になるのだけれど、私は葬儀万般が嫌いである。好きな人は無かろうと思うものの、とむらいとなると変にいきいき楽しそうになる人もあるので困却する。生れた時は訳がわからないのでお宮まいりに連れて行かれようが、七五三の珍なる衣裳を着せられようが仕方がないが、生涯のしめくくりは「このようにする」と言い残すことはできるのである。

派手ずきの人は一世一代派手派手とやれと言い残すのもいいだろうし、死後のことなんか知っちゃいない御随意に、も一理だが、送りかた送られかたは、もっといろいろであっていい。千差万別であっていい。ただ地方では自分流のやりかたを貫くには、大変な勇気が要ることだろう。

おしなべて遺族があまりにもパターン通りうしろ指さされぬよう汲々とし、また疲れきって度をうしなったところを大波にさらわれるように人々の手で万端運ばれもする。弔問客もなにがさておき、おっとり刀で駈けつけるスタイル。

永訣は日々のなかにある。

日々の出会いを雑に扱いながら、永訣の儀式には最高の哀しみで立ち会おうとする人間とはいったい何だろうか？　席を変えてお酒などのむ時もしみじみ故人をしのぶでもなく、仕事の話、人々の噂で呵呵大笑、あっけにとられるばかりである。好きな人であればあっただけ行きたくなくなってくる。

行かないことは、また来てもらわないことでもある。この葉書を大事に今まで保存してきたのも、いつの日にか私のための良き参考にと思ったからであった。

*

くちなしの花

おいてけぼり

ある町を歩いていたら、「おいてけぼり」という喫茶店の看板が目に入った。覗いてみると、なかなか綺麗な店である。

「おいてけぼり……か、しゃれた名前ね」と、ちょっと誘われるものを感じたが、常に珈琲の飲みすぎであるから、寄らないでそのまま通りすぎた。

世の中から、おいてけぼりをくって、あるいはみずから出世街道をさっさと下りて「こんな店を始めたよ」ともとれるし、恋人どうし待ち合せたって、「いずれはおいてけぼりをくうよ」という皮肉さも感じられるし、それとも銭だけはともかく

「おいてけ！」ってことかな……などと命名者の心境をあれこれ想像したのである。

以前、新聞に連載されていた「江戸言葉」というのが切り抜いてあって、その中に「おいてけぼり」というのもあった。それによると、江戸時代、今の錦糸堀付近で魚を釣って帰ろうとすると、池の中から「置いてけ！　置いてけ！」という声がするので、人はびっくり仰天、獲物を置いて逃げ帰る。「置いてけ堀」は「江戸の伝説本所七不思議の一つ」と言われた民話からきたもので、それから置き去りにすること、されることを「おいてけぼり」とも言うようになったのだそうだ。江戸時代の俗語が今に生きているわけである。レストランにしろマンションにしろ、わけのわからない横文字ばやりで、いったいどこの国かと思うばかりだが、すっきりした日本語の店名があったりすると、それに敬意を表して、味のほうは少々我慢しようとなったりする。そう言えば「まあまあじゃん」という店もあった。

江戸言葉には、女を表現するのにも、おもしろいのがいろいろあって、垢ぬけた女を「渋皮のむけた女」と言ったりしたのは、うまいと思う。栗御飯のための栗をむく秋、いつも成程……と思い出してしまう。

　おきゃん
　おてんば
　おちゃっぴい
　じゃじゃ馬

こんな言葉を拾ってゆくと、江戸の人々はぐずぐず、しおしおとした女よりも、溌剌とした張りのある女を、ひやかしつつ愛したのではなかったか……と思われてくる。

　電車のなかで或るおばあさんが連れのひとに「家の嫁は、あばずれであばずれで」とこぼし、その抑揚がおかしかったので、おもわず吹き出しそうになったが、憎々しげに言ったのに「あばずれ」という、これも江戸言葉が、それ自身ユーモラスでもあるので、さほど毒々しくは聞えなかった。

「きんぴら娘」というのもあって、これは当時の浄瑠璃のヒーロー、怪力無双の金《きん》平《ぴら》にちなんでつけられたのだそうで、まあ、「豪傑娘」というくらいの意味らしい。

丈夫で元気のいいものにはすべて「きんぴら」なる接頭語を冠して楽しんだわけだが、「きんぴら娘」は聞いたことがないから、死語になってしまったのだろう。けれど「きんぴらごぼう」のほうは抜きさしならぬ形で、ばっちり残った。

現在も沢山の俗語、流行語がすさまじい勢いで生まれつつあるが、江戸時代のそれのように、二百年も三百年も後にまで残ってゆくものがあるのだろうか?

もうだいぶ前のことになるが「ハレンチ！」というのがはやったことがあって、昔だったら「破廉恥なヤツ」と言われたら死んでしまわねばならないほど屈辱的な罵倒語だったろうに「ハレンチ！」のほうは「やったぜ！」みたいな称讃語として使っていた。意味をひっくりかえしたところがおもしろく、人目ばかりを気にする日本人の感覚に痛棒くらわしてもいるようで、これは新たな語彙のなかに入るかと思ったけれど、あっけなく水泡のように消えてしまった。

いずれにしても、言葉の流行と、ファッションの流行とは、どこかで通いあうものを持っている。つまり馬鹿馬鹿しいところ、軽佻浮薄なところ、そして蘇生力、復活力の旺盛なところ、くりかえしの妙などが。

だからと言って、はやりすたりもなく、行儀よろしく、静まりかえっているばかりが能でもなく、ときどきはギョッ！　とさせられたりさせたりして人は生きてゆくのだ。

そのへんのところがなかなか微妙で、言葉とファッション、二つながらにあまりにも目まぐるしい流行に、どこまで抵抗できるか、どのあたりで誘惑されてしまったか、自身を素材に観察してみるのは、おもしろい。

ミニ全盛のとき、私は殆んどのスカートを切ってしまって、今後悔することしきり、気に入っていたスカートの裾をまたぞろ出来るだけ伸ばして、ヘムなどつけている自分が哀れになる。

断乎として切らず、すすんでおいてけぼりをくい、一サイクル廻るのを待った「きんぴら夫人」も身近に居るのであった。

散文

女学校の二年生くらいの時だった。

授業が終ってから図書室に行き、森鷗外の「阿部一族」を読んだことがある。図書室といっても戦時中のことだから、どの棚も本が二、三冊ばかり頼りなげに身を寄せあっているといった風情で、新刊本などもはやろくに出版されてはいない時代だった。

図書係の上級生が一人いるだけの、田舎の女学校の名ばかりの図書室。少ない本の中から、ふと手にしてさしたる期待もなしに偶然読みだしたのだが、読み終ったときには深い溜息が出た。

よく知られているように「阿部一族」は、家光時代の肥後藩における殉死をめぐる話である。

封建時代の陰惨さ。運命をひきうける阿部一族の剛毅さ。性格悲劇でもあり、自分を貫こうとすれば今尚、村八分にされかねない日本の精神風土を衝いてもいて、テーマのおもしろさもさることながら、私の感動はもっと別のところにあったような気がする。

「これが散文というものか」

というのがそれであった。

図書室を出るとたそがれていて、くちなしの花がやけに匂った。強烈なショックでその日の夕食がなぜかボソボソした感じで喉を通ったのも、はっきり覚えている。「阿部一族」は、まるで感情を交えないような淡々とした叙述に終始していた。けれども言葉の選択は精妙に働いていて、ただの史実の記述のみにはとどまっていない。

沈着、冷静、簡潔。

物足りないくらいのそっけなさだが、この文章全体の香気はいったいどこから発散されてくるのだろう？

活字の虫みたいに本好きの子供だったので、それまでにも手当り次第に雑々と読んでいた。漱石、中勘助、佐藤春夫、吉川英治、林芙美子、吉屋信子、横光利一、それらに比べても鷗外の文章は、ずばぬけていいと感じられた。

十五歳くらいの小娘が、とふりかえってみて思うのだが、この時の感動の質に当時表現こそ与えられなかったにせよ、「すぐれた散文とはこういうものか」と思ったその核には、今書いてきたようなこと、すべてが詰まっていたのである。

それ以来、鷗外のものは割合読んできて、そのせいか人の散文を判定する底には、鷗外の文章が規準というか物差しというか、ともかく絶えず存在し動いてきた。

こうした自分の経験から、現代でも若者の中に似たようなことが起っているだろうと信じることができる。活字離れという現象しか目に見えぬ人は悲しい。数はほんとうに少ないが、若者のなかに大人顔負けの良質の読書家が存在することを私は実感として知っている。

なにも散文とだけは限らない。いいものをパッと感受する力。なにゆえいいかということをうまく説明することはできないにしても、その本質を捉える力は備わっている筈だ。

古典ぎらいの子は私たちの時代より更に増えているだろうが、五十数年を生きてみて、最近つくづくと感じさせられることの一つに、文化の蘇生力、復活力というものがある。

これは相当にしぶとくて、絶えるかと見えてまた息ふき返すさまは不思議、不思議というしかない。

戦後まもなく、短歌俳句は第二芸術と貶されて消えいるかに思われたし、歌舞伎は消滅寸前に見えたし、古典文学はボロ屑よりも粗末に扱われて闇市の蓆の上に投げ出されていた。あまりに哀れで十円に満たないお金で何冊か買ったおぼえがある。敗戦の大波に、古いものは根こそぎ攫《さら》われそうな様相であったのが、息ふき返して今花ざかりのありさまを見れば、実に驚くのである。

困るのは絶滅してほしかったものまで、また同時に息ふき返してきたことであるが。

十代の時はからずも、のっけから最高の鷗外の散文に出逢ってしまったわけだが、しかし鷗外風に書こうとか擬《なぞら》えようとしたことは一度もなかった。もっとも真似ようにも真似ることとかなわぬ高度なものだが、さんざん書かされた作文にしろ書くとすればともかく、自分は自分の文章を書かねばならぬと思い定めていたのは我ながら殊勝でもある。

鷗外が好きだからと言って、それが唯一無二と思ったわけでもない。鷗外とはタイプの異なるすぐれた文章にもそれ以後沢山触れてきた。ただ原体験とは強いもので、書く場合なるべく明晰に曇りなく、と私を引き据えようとするものに、若い時読んだ鷗外の散文がたしかに存在すると言えるだろう。

しかし散文はむずかしい。なんとも書きづらい。これを書きながらも行きつ戻りつ、あちらへ飛びこちらへ飛びもたついている。

散る文、とはよく言ったものだ。

一般には詩のほうがむずかしいと思われているのだが、長く書きなれたせいか私には詩のほうがはるかに楽である。

詩には「成った！」と思われる瞬間が確かにあり、それは何ものにも代えがたい喜びである。もはや付け加えるものも削るものも何ひとつない。幼稚でも下手でもこれっきりという断念の潔さに達する。それあるために書き継いできたのかもしれない。

ただ氷河のクレヴァスを平然と飛び越える離れわざみたいなことを絶えずやっていて、うまくいったときはいいが下手をすると水たまりを跨いだぐらいのことで天馬空を行くがごとき気分になっていたりするのは、われひとともによくあることだ。詩のほうが、それだけまやかしの入りこむ余地は大きいと言えるかもしれない。

「なにゆえそこを飛び越えたのか？」と質問されても説明のしようもないし、また説明の必要もまるっきりないのが詩である。

散文を書く苦しさは、この説明しなければならないというところにありそうなのだ。散文の文体は叙述でなければならないし、飛躍につぐ飛躍では上等の散文とは言えないだろう。事に即し、物に即して、じりじり律儀に的を絞って「こうなのです」と言わなければならない。

それがひどく面倒で苦手なのである。要するにまだ散文の骨法を会得していないか、或いはまた全く散文には向いていない気質かもしれない。

散文を書きながら、ひどくこちらを悩ませるものは、例えばすぐ前に書いた「要するにまだ散文の骨法を会得していないか……」と書いた途端、じゃ、詩の骨法はもう会得した？　いえいえとてものことに。だったら「詩も未だし」も含めなければならぬ、が、それまで書くとごちゃごちゃしてしまう。

一口に散文と言っても、小説あり、科学論文あり、評論あり、解説あり、エッセイあり、随筆あり、レポートあり、手紙文あり、そのどこにポイントを置くかで扇のひらきぐあいは随分違ってくる筈。

「随筆、随想と、エッセイとはどう違うんですか？」という質問を今までに度々受けてきたが、「随筆は身辺雑記で、エッセイはもっと思索性、批評性の強いものを指すらしいですよ」と答えてきた。だが、実際にはエッセイと銘うたれたものにくだらない漫筆あり、随筆、随想として書かれたものに深い思索性を感じる場合があり、その境界は模糊としている。辞書をひけばエッセイは随筆と出てくるのだ。看護婦詰所をナースセンターと言うがごとし、か。

そして私が書いてきたものと言えば、この模糊たるエッセイの部に属する。だったらエッセイにおける散文と的を絞るべきではないか。

などなど一つのことを言おうとすると絡まりついてくる藻はおびただしく、まったく動きをとれなくしてしまう。一行ずつ書き進めてゆく上に起る葛藤が大層きつい。それでもなんとか自分なりの一本の線を貫かなければ、何のために書くのかわからなくなってしまう。

詩は多種多層の同時進行ということが可能なのに、散文ではどうもそれが出来ない。

同じく言葉を素材としながら、なんという違いだろう。

たぶん詩と散文のツボの在りかがまるっきり違うのだ。

散文を書くとき詩のツボ探して鍼打つようなことをしては失敗する。反対に詩を書くとき散文のツボ辿るようなことをしては、これまた無惨な結果になる。

しかし、言葉を使って表現行為をしようとする以上、この二種類のツボぐらい何とか心得ていなければならないのじゃないか。機能の違いこそあれ。そんな思いがいつも頭を去来する。

更にまいるのは、活字になってからやっと自分の書いた散文の不備がはっきり目に入ってくることだ。

これは書かでものことだった。

軽佻浮薄目を掩わしむ。

そんな箇所が目に飛びこんでくる。草稿何度も手直しし、かなり推敲もし、へたな逸脱許さなかったつもりなのに、やれやれ。

生原稿では、自分の書いた肉筆の字に誑《たぶら》かされてしまうらしい。下手な字でも血が通っているような錯覚があるとみえて、つめたい活字になって初めて見えてくるものがあるのだ。

不思議だが詩の場合には殆んどそういうことがない。過剰よりは足りないくらいのほうがまだましなのは話しことばでも同じで、散文における過剰を私はまだ制御できていないと感じる。

自分の体験を書いてきたが、これは多かれ少なかれ散文を書く場合、他の人をも襲う感慨ではないだろうか。

それは次のような考えへと私を導く。

現代の口語文というものは、人が思っている以上に、かなり未成熟なのだろうということ。不自由なのだろうということ。

日々馴染み、自由自在に使いこなせると思っているのだがその実、歴史は浅く百年にも満たない筈だ。

鷗外の散文がいいのは、口語体であっても文語体に等しい骨組みを持っているからではないか。さらに遡れば彼の深い漢文の素養へと至るだろう。漢文脈の礎石を踏まえた上で書かれている口語文。

二十歳を過ぎてから好きになって、今も時々読み返す中島敦の散文にも、まったく同じことが言える。

さほど有名ではない昔のひとの文語体による紀行文など読んでいて、ほれぼれとして「いやだなァ」と呟いていることがある。「いやだなァ」とは、こんなにも無駄なくきりっと書けて余韻あり、それにひきかえ現代口語文のだらしなさよという反応なのだ。骨なしくらげである。

聖書の今までの文語訳に比べて、新しい口語訳のいかに間のびして味わいに乏しいかということは誰の目にも一目瞭然である。

文語がどのようにして生まれ練りあげられてきたのか、詳しいことは何も知らないが、母胎は漢文であろうし、奈良時代からとしても千年以上の歴史はあるわけである。万葉仮名を案出し、吃り吃りぎくしゃくと文体を創りあげていった草創期から、文語の流麗さに至るまで御先祖達の払った苦労を思うと、なんともいえないいとおしさが湧いてくる。

ただ書きことばとしての文語は、誰にでもたやすく使えるものではなく、知識人占有であった。

言文一致をめざした口語文が生まれたのも当然のなりゆきだが、それがほぼ定着したのは戦後になってからではないだろうか。

私の子供の頃には、役所、学校関係の文書、新聞記事、判決文など、文語はまだまだ一般的でいわば口語と混りあった状態だった。

そのせいかどうか、これを書きながらも気づかされるのは文語的な言いまわしがどうも紛れこんできてしまうことだ。私の癖でもあるのだが、口語で統一しようという意識よりも、リズム感とか短く言い切りたい時に飛び出してくる文語を、そのまま居据わらせてしまう。あんまりいいことではない。

散文のむずかしさ、書きづらさ、難儀よのう……は、あながち自分一人の問題ではなく、千年対百年の文語対口語の問題でもあるだろうと思うとき、いささかは救われる。

原型なしで服をつくるようなもの。磁石盤なしで道行くようなもの。

ああでもない、こうでもないとそれぞれが工夫して、書き綴っているさまは玉石混淆、沸騰する坩堝《るつぼ》のように見える。こういう中から口語文の歴史もまた出来てゆくのだろう。

散文に対比されるのは韻文で、詩歌も区分すれば韻文の中に入るわけなのだが、現代の口語自由詩は韻も踏まず、形もなく、いたって不安定な状態である。

行分けしてあるから詩のように見えるが、これをふつうの散文に難なく直せもするということから「行分け散文」なる揶揄もしきりである。自分のものは皆目わからないが、人の作品を見た場合、これは詩か散文かを即座に判定できる自信はある。ただ、なぜ詩か、ということを理路整然と説き明かす自信はまるでない。

口語自由詩が芸術として認定されたのは萩原朔太郎かららしいが、朔太郎と言えばつい最近の人で、こちらのほうの歴史の浅さにも一驚する。

たえず散文と詩とを対比する形で書いてきてしまったが（実際私の中で対峙する観念としてあるが）口語形の未成熟ということでは詩も共に同じ運命を担っていて、その点ではまったく同じである。

あとがき

「散文がだいぶ溜ったようだから、一冊にまとめませんか」と、雑々と散らばっていたものを拾い集めて下さった方がいた。だいぶ前からの話である。散るにまかせていいものだったのに、心にかけて収集してくれた人がいたのは過分のありがたさであった。

何年か前の晩秋、桜並木の下を通ったとき、風に舞う落葉があまりにもきれいで、思わず立ちどまり拾い集めたことがあった。真紅の濃淡やら黄ばんだのやら、押し葉にしてから、小さな額に重ね合せるように入れてみた。古渡《こわたり》の更紗よりもふかぶかとした色になった。自然が無作為につくるものは、変色や褪色すらもいい風合いになる。

それに比べて人間のつくるものは、なかなかこうはいかない。以前書いたものは我ながら興ざめで、「これは捨てましょう」「これも」と多くを削ることになり、分量がいたって少なくなってしまった。それで、発表する気もなくただ自分の心おぼえのように書いておいた草稿のなかから、幾つかを選び手を加え、新たに入れてもらうことにした。

まったくばらばらな小布のようなものを集め、図案を考え、丹念に縫い合せ、パッチワークのように一枚の布に仕上げてくださったのは、編集部の中川美智子さんである。

いつも弾んでいる毬のようにいきいきした女性で、そのなんともいえない明るさにつられて、出来てしまったようなものである。

一枚一枚の小布を眺めていると、腰の重い私をうしろからどんどんと押して、前のめりにつんのめらせてくれた、その時々の編集者諸氏のお顔やらお名前が浮かんでくる。

友人の高瀬省三さんには装画と、カットのペン画を頂いた。よく絵手紙が舞いこんで、その感覚が好きだったからである。

さまざまなお力を貸してくださった方々、ありがとうございました。

一九九四年十月三日

茨木のり子

●初出　（＊）は書き下ろし

一本の茎の上に　「朝日新聞」1993・1・8

内海　（＊）

涼しさや　（＊）

もう一つの勧進帳　（＊）

＊

歌物語　（＊）

女へのまなざし　「金子光晴」（「ちくま日本文学全集9」解説）1991・6

平熱の詩　（＊）

祝婚歌　「花神ブックス⑵吉野弘」1986・5

尹東柱について　「国語通信」1991・冬号（324号）

＊

晩学の泥棒　「明日の友」1986・夏

韓の国の白い花　（「銀花」1994・3）

ものに会う　ひとに会う　「別冊太陽」1987・7

＊

山本安英の花　「婦人の友」1975・3

去りゆくつうに　「婦人の友」1993・12

品格について　木下順二「歴史について」（講談社文芸文庫・解説）1990・3

花一輪といえども　「悲劇喜劇」1979・5

＊

おいてけぼり　「ハイファッション」1976・12

散文　「国語通信」1981・7

解説　茨木さんと韓国語

金《キム》裕《ユ》鴻《ホン》

私がはじめて茨木のり子さんにお会いしてから、かれこれ三十年以上になる。

一九七六年、東京の朝日カルチャーセンター（ＡＣＣ）の私の「朝鮮語」初級クラスに入門して来られた。今でこそ年配の女性受講者が増えているが、当時は、茨木さんのような方は珍しい存在だった。二十五名ほどの受講者の中に「三浦のり子」の名前があった。茨木のり子さんの本名であることをクラスのほとんどは気づいていなかったと思う。

しばらく経ってから、私のクラスに詩人の茨木のり子さんがいることを、『ソウル遊学記』で知られる東京外国語大学の故・長璋吉先生から教えられて調べてみたら、三浦のり子さんのことであることが分かった。教室でも紹介し皆にも知られるようになった。三浦さんは、ほとんど休むこともなく教室での私の説明や文化に関する話を、他の受講者同様笑みを浮かべて楽しく聴いておられた。ただ、ときどき授業中黒板から目を離し、四八階にある教室の窓から見える東京の街並を無心に眺めておられた。そんなときは、威厳のある端正な横顔に詩人の風格を感じたりしたものだった。

のちに、このことを申し上げ、何を考えておられたのですかと伺ったことがある。「そんなことあったかしら」と何事もなかったかのようにおっしゃっていた。

三浦さんとのご縁はそれからも続いた。朝日カルチャーセンターの三年間の講座が修了すると、一人で勉強を続ける力が身に付くようになり、多くの場合講座から離れていく。三浦さんはここから新たな韓国語学習のスタートを切る。私を囲んだ自主講座のグループで始めた勉強会（駒場）や韓国小説を読む会（新宿の喫茶店）に参加、延べ五年以上ご一緒した。NHK国際放送の仕事、早稲田大学講座の仕事の合間であったが、私にとってこのグループ勉強の時間は忘れ難い充実したものだった。茨木さんもこの時は夢中になっていたらしい。「おもしろくて夜の白みはじめたのに気がつかなかったこともある」（本書「晩学の泥棒」）ほどであった。

原語が読みこなせるようになると茨木さんは、待ってましたとばかりにさまざまな韓国の詩や、韓国に関する書物を次々と読んでおられた。私も原文を全部読んだことがない韓国のもっとも古い歴史書『三国史記』もお読みになって、内容をご存じなのには驚いた。韓国へもたびたび足を運ばれた。その頃はまだ観光産業も発達せず、ソウル以外は交通も不便な時だ。韓国の詩人との交流もあるが、百済の古都（扶余《プヨ》など）への歴史の探訪にも積極的だった。宿泊所もままならない田舎で、土地の人と気軽に会話を楽しむ様子は名著『ハングルへの旅』（朝日新聞社、のち朝日文庫）でほほえましく紹介されている。夭折した韓国の詩人「尹東柱《ユンドンジュ》」、朝鮮文化理解の日本の先駆者「浅川巧」についても研究されたことがある。茨木さんは不勉強な私に朝鮮に思いを馳せる日本の文化人のことを教えてくださった。蕪村の俳句「高麗船のよらで過ぎ行く霞かな」や「地図の上朝鮮国に黒々と墨を塗りつつ秋風を聞く」の啄木の短歌を、私は茨木のり子さんに教えられて知った。

それから間もなく『韓国現代詩選』（花神社）の翻訳をはじめられた。熱心に取り組んでおられたが、よく理解できない箇所があると私に相談なさった。丁寧に手紙に書いて質問された。お手紙はほとんどハングルでお書きになった。難しい言い回しをハングルで質問することもたいへんなのにと、手紙を受け取るたびにご苦労が偲ばれ、頭が下がる思いがした。時たま日本語でお書きになる場合は、初めに日本語で書くことを丁寧に詫びられた。手紙を受け取るたびに茨木さんのお人柄がうかがわれ、畏敬の念が増していった。苦手としていた会話も驚くほど上達しておられた。数回の韓国旅行と韓国の詩人たちとの触れ合いが下地になっているのかもしれないが、「会話は単語を並べるだけ」と言っておられたのに、NHKラジオ「ハングル講座」(一九九二年)応用編にゲスト出演され、見事に私と韓国語会話をされている。

日本の著名な詩人が韓国語を学び、韓国の現代詩を翻訳して日本で出版したことは、韓国でも報じられた。反響は大きかった。私にとって、茨木のり子さんは、日本を代表する良心的文化人であり、誇るべき弟子である。個人的にもかつて茨木さんが書かれたエッセイの中で私のことを過大評価してくださったお陰で、今でもACCに「金先生はいますか?」という問い合わせがあるそうな。

私は茨木さんに感謝してもし切れない気持ちだ。十分な恩返しもできないうちにお亡くなりになり、残念でならない。

二〇〇九年五月七日

本書は一九九四年十一月、筑摩書房より刊行された。

これで古典がよくわかる　橋本治

古典文学に親しめず、興味を持てない人たちは少なくない。どうすれば古典が「わかる」ようになるかを具体例を挙げ、教授する最良の入門書。

恋する伊勢物語　俵万智

恋愛のパターンは今も昔も変わらない。恋がいっぱいの歌物語の世界に案内する、ロマンチックでユーモラスな古典エッセイ。（武藤康史）

倚りかからず　茨木のり子

もはや／いかなる権威にも倚りかかりたくはない……話題の単行本に3篇の詩を加え、高瀬省三氏の絵を添えて贈る決定版詩集。（山根基世）

茨木のり子集　言の葉（全3冊）　茨木のり子

しなやかに凜と生きた詩人の歩みの跡を、詩とエッセイで編んだ自選作品集。単行本未収録の作品なども収め、魅力の全貌をコンパクトに纏める。

詩ってなんだろう　谷川俊太郎

谷川さんはどう考えているのだろう。その道筋にそって詩を集め、選び、配列し、詩とは何かを考えるおおもとを示しました。（華恵）

笑う子規　正岡子規＋天野祐吉＋南伸坊

「弘法は何と書きしぞ筆始」「猫老て鼠もとらず置火燵」。天野さんのユニークなコメント、南さんの豪快な絵を添えて贈る愉快な子規句集。（関川夏央）

尾崎放哉全句集　村上護編

「咳をしても一人」などの感銘深い句で名高い自由律の俳人・放哉。放浪の旅の果て、小豆島で破滅型の人生を終えるまでの全句業。（村上護）

山頭火句集　種田山頭火　村上護編　小崎侃・画

自選句集「草木塔」を中心に、その境涯を象徴する随筆も精選収録し、〝行乞流転〟の俳人の全容を伝える一巻選集！（村上護）

絶滅寸前季語辞典　夏井いつき

「従兄煮」「蚊帳」「夜這星」「竈猫」……季節感が失われ、風習が廃れて消えていく季語たちに、新しい命を吹き込む読み物辞典。（茨木和生）

絶滅危急季語辞典　夏井いつき

「ぎぎ・ぐぐ」「われから」「子持花椰菜」「大根祝う」……消えゆく季語に新たな命を吹き込む読み物辞典。超絶季語続出の第二弾。（古谷徹）

ちくま文庫

一本《いっぽん》の茎《くき》の上《うえ》に

二〇〇九年七月十日　第一刷発行
二〇二一年五月十五日　第七刷発行

著者　茨木のり子（いばらぎ・のりこ）
発行者　喜入冬子
発行所　株式会社　筑摩書房
東京都台東区蔵前二―五―三　〒一一一―八七五五
電話番号　〇三―五六八七―二六〇一（代表）

装幀者　安野光雅
印刷所　株式会社厚徳社
製本所　株式会社積信堂

ISBN978-4-480-42614-7 C0195